W0249869

Lo que sé de ti

Editorial Dos Bigotes

Lo que sé de ti

Éric Chacour

Traducción de Iballa López Hernández y Luisa Lucuix Venegas

dosbigotes

Primera edición: mayo de 2024

Ce que je sais de toi © Éric Chacour and Éditions Alto, 2023

This edition is published by arrangement with Éditions Alto in conjunction with its duly appointed agents Books And More Agency #BAM, Paris, France and The Ella Sher Literary Agency. All rights reserved

© de la traducción: Iballa López Hernández, Luisa Lucuix Venegas 2024

© de esta edición: Editorial Dos Bigotes, s.l.
Publicado por Editorial Dos Bigotes, s.l.
www.dosbigotes.es

isbn: 978-84-127657-7-9
Depósito legal: M-10659-2024
Impreso por Kadmos
www.kadmos.es

Diseño de colección: Raúl Lázaro
www.escueladecebras.com

Este libro se ha publicado con una ayuda a la traducción de SODEC, Quebec (www.sodec.gouv.qc.ca).

La traducción de este libro se rige por el contrato tipo propuesto por ACE Traductores.

Todos los derechos reservados. La reproducción total o parcial de esta obra, por cualquier medio, deberá tener el permiso previo por escrito de la editorial.

El papel utilizado para la impresión de *Lo que sé de ti* es cien por cien libre de cloro y está calificado como papel reciclable.

Impreso en España — Printed in Spain

A aquellos que me hicieron amar Egipto.
A aquellas.

Tú

1

El Cairo, 1961

—¿Qué coche te gustaría tener de mayor?

Te había hecho una pregunta sencilla, pero entonces no sabías que había que desconfiar de las preguntas sencillas. Tenías doce años; tu hermana, diez. Paseabais con vuestro padre a orillas del Nilo, en el barrio residencial de Zamalek. Transportada por el cortejo sonoro de una circulación caótica, tu mirada se perdía en aquella torre en forma de loto que acababa de surgir de la tierra. La más alta de África, afirmaban con orgullo. ¡Y construida por un melquita!

Nesrine, tu hermana, no esperó a que respondieras para exclamar:

—¡Ese, *Baba*! ¡El rojo grande de ahí!

—¿Y tú, Tarek?

Nunca se te había ocurrido considerarlo.

—¿Y por qué no... un burro? —Creíste oportuno justificarte—: Hace menos ruido.

Tu padre forzó una risa que significaba que tu respuesta no era admisible. A menos que fuera para convencerse de que bromeabas. Nesrine se había soltado un mechón del cabello negro para enrollárselo alrededor del índice; era un gesto que siempre repetía cuando trataba de tomar la palabra. Persuadida sin duda de que un poco de insistencia le permitiría terminar la tarde al volante del descapotable, redobló su entusiasmo:

—¡Yo quiero el rojo, *Baba*! ¡El del techo que se abre!

La mirada de tu padre te dio a entender que seguía esperando tu respuesta.

—A mí me gustaría el coche negro de ahí —contestaste al azar para complacerlo—. El que está parado en la esquina.

Él se aclaró la voz; podía proceder a su demostración.

—Tienes razón, es un coche americano muy bonito. Un Cadillac. Es caro, ¿sabes? Necesitarás un buen trabajo para comprártelo. Ingeniero o médico. ¿Qué prefieres?

Te hablaba sin mirarte, atento a la pipa que acababa de ponerse entre los labios. Aspirando el aire del interior con un ligero silbido, inició un ritual a la vez misterioso y habitual para ti. Satisfecho con el flujo, se sacó del bolsillo un paquete de tabaco cuyo olor habrías sido incapaz de decir si te agradaba o no, por resultarte demasiado familiar. Rellenó entonces la cazoleta, golpeándola con el dedo corazón de la mano derecha para que las hojas secas encontraran acomodo, y prensándolas luego con esmero. Cada etapa del meticuloso proceso parecía destinada a darte un margen razonable de reflexión. Cuando volvió a llevarse el utensilio a la boca para comprobar si tiraba bien, te diste cuenta de que no te quedaba mucho tiempo para responder. El chasquido del encendedor resonó como la alarma de un minutero. Con el humo de las primeras bocanadas, aventuraste sin convicción:

—Médico, más bien…

Él se quedó inmóvil un instante, como si sopesara una oferta que acababas de hacerle, y luego decretó con sobriedad:

—Bien, hijo mío, es una buena elección.

Elegías por defecto: ignorabas en qué consistía el trabajo de ingeniero. Eso ya no tenía importancia, su hijo sería médico como él. No necesitaba seguir argumentando. Los dedos que un día te enseñarían tu futura profesión aplastaron con un prensador las primeras cenizas de vuestra conversación.

Mientras tu padre volvía a encender la pipa con una llamarada, tú te imaginaste vistiendo su bata blanca, la que se ponía en el bajo de vuestra casa de Dokki, que había transformado en su consulta. A tu edad, los únicos planes que tenías eran los que los demás trazaban para ti; ¿de verdad era solo cuestión de edad?

Vuestro paseo proseguía en silencio. Cada cual parecía absorto en sus pensamientos. Cuando el tabaco se consumió, tu padre consultó el reloj de bolsillo, el que llevaba sus iniciales por detrás. Las tuyas, de hecho. Era hora de volver. El reloj siempre marcaba la hora de volver cuando ya no quedaba nada más que fumar. Infalible sincronía entre pipa y reloj de bolsillo.

Esa noche, anunciarías a tu madre que un día serías médico. Sin emoción, como se transmite una información anodina que se acaba de obtener. Ella recibiría la noticia con el mismo entusiasmo que si acabaras de presentarle el título de licenciado con honores. Nasser construía el país más grande del mundo y tu madre había decidido que tú serías su médico más prestigioso. Un poco antes, Nesrine te había hecho prometer que le comprarías un coche rojo descapotable.

Tenías doce años. A partir de entonces desconfiarías de las preguntas sencillas.

2

No sabías cuándo empezaría la vida. De niño eras un alumno brillante. Llevabas buenas notas a casa y te decían que te serían útiles más adelante. Así que la vida empezaría más adelante. De momento, todo era una sucesión de instantes de los que no guardarías prácticamente ningún recuerdo. No recordamos el nombre de quienes se han partido la espalda llevándonos a hombros, como tampoco nos fijamos en las horas que han pasado preparándonos nuestro plato favorito. En cambio, conservamos lo insignificante: cuando te reíste de Nesrine porque no conseguía pronunciar «pirámide» en árabe correctamente, cuando comisteis *frescas* en una playa y os manchasteis el bañador de melaza, cuando dibujabas con el dedo en las ventanas empañadas por el vaho mientras Fatheya, vuestra criada, cocinaba...

Escudriñabas a los adultos, sus gestos, la entonación, la apariencia. A veces, uno de ellos, como designado por una autoridad natural, tomaba la palabra para contar el último chiste que había oído. Los ojos del público se clavaban en él y aquella atención inusitada lo transfiguraba. Modulaba la voz, adaptaba sus movimientos al relato, y sentías que la tensión se apoderaba de la estancia. Te maravillaba el efecto que producía en el auditorio, una multitud reducida de repente a una única respiración cuyo ritmo se acompasaba a la entonación del orador. Este último por fin podía acelerar la cadencia de sus palabras y revelar el desenlace que todos esperaban. La sala lo recibía con una carcajada liberadora, una carcajada espontánea y, sin embargo, perfectamente sincronizada.

Eran los hombres quienes reían. ¿Por qué reían? No tenías ni idea. Las alusiones indescifrables, las exageraciones evidentes, las palabras que aún no conocías, las miraditas cómplices, las muecas reprobatorias de las madres para recordar que había niños delante, los ademanes relajados de los hombres que parecían responderles que, de todas formas, no están en edad de entender nada. De todas formas, no estabas en edad de entender nada. Aquel lenguaje parecía pertenecer al mundo de los adultos, un continente lejano que aún no habías descubierto. Desconocías si era un lugar en el que encallaba uno un día sin darse cuenta, por haber dejado la infancia demasiado tiempo a la deriva, o si se trataba de unas tierras que había que conquistar a base de sufrimiento. ¿Serían siempre extranjeras para ti? ¿Te reirías algún día como ellos?

Su presencia electrizaba a Nesrine. Interrumpía sus conversaciones para preguntar el significado de una palabra o contestar a la más retórica de sus preguntas. Al igual que tú, no captaba el sentido de sus chistes, pero se unía a los presentes con su risa de niña. Se reía ante la mera idea de reír con los demás. Eso le bastaba. ¿Acaso no era encantadora?

La vida empezaría más adelante. Lo de ahora no era la vida. Era una espera, un respiro quizá, la infancia, una lenta preparación. ¿Para qué te preparabas tú? O, mejor dicho,

¿para qué te preparaban? A la compañía de los niños de tu edad, preferías la de los adultos. Te deslumbraba que nunca dudaran; que pudieran criticar a un presidente, una ley o un equipo de fútbol con igual aplomo; que cada uno de sus gestos pareciera afirmar que estaban en posesión de la verdad; que, en un abrir y cerrar de ojos, arreglaran la cuestión palestina, la de los Hermanos Musulmanes, la de la presa de Asuán o la de las nacionalizaciones. Acabaste pensando que en eso consistía la edad adulta: en la desaparición de cualquier forma de duda.

Un día, sin embargo, verías como una evidencia que existen muy pocos adultos de verdad; que nadie se deshace por completo de sus miedos primigenios, de sus complejos de adolescente, de la necesidad insatisfecha de desquitarse de sus primeras humillaciones. Siempre nos sorprende detectar una reacción pueril en alguno de nuestros semejantes, pero es un gran error: no hay adultos que se comporten como niños, solo niños que han alcanzado la edad en la que dudar resulta vergonzoso. Niños que acaban ajustándose a lo que se espera de ellos: que renuncien al más mínimo cuestionamiento, que afirmen sin que les tiemble la voz, que desdeñen la diferencia. Niños de voz grave, pelo cano y con cierta querencia por la bebida. Muchos años después, acabarías comprendiendo que hay que evitarlos a toda costa. Pero por entonces te fascinaban.

3

El Cairo, 1974

Los padres están destinados a desaparecer; el tuyo murió durante la noche. En su cama, como Nasser, justo cuando todos se hacían a la idea de que era inmortal. Tu madre no se dio cuenta hasta por la mañana. Era raro que se despertara antes que él. Creyéndolo dormido a su lado, no se atrevió a molestarlo. Tu padre ofrecía a la muerte la misma e inflexible ausencia de expresión con la que se había enfrentado a la vida, y nada indicaba que acabara de abandonar la segunda por la primera. Ella miró el reloj por inercia. Eran más de las seis. Le sorprendió que no se hubiera levantado a las cinco y veinte, como tenía por costumbre. Al principio temió que la regañara si lo despertaba. Tal vez solo necesitaba descansar un poco más. Después de todo, ¿quién era ella para saber mejor que un médico lo que es bueno para él? Esperó. Viendo que seguía sin levantarse, le preocupó que la acusara, por el contrario, de haberlo dejado dormir demasiado. Empezó discretamente, haciendo algo de ruido, pero no surtió efecto. Segura entonces de que, hiciera lo que hiciese, le reprocharía alguna cosa, se decidió a zarandearlo. Contra todo pronóstico, no le reprochó nada.

La noticia no te llegó enseguida. Acababas de tomar la carretera en dirección a Mokattam. Por iniciativa tuya, se estaba construyendo un dispensario en aquella colina situada en el límite oriental de El Cairo, y te habías tomado el día libre para supervisar la buena marcha de las obras. Apenas habías bajado del coche cuando un muchacho se te acercó corriendo.

—¡Doctor Tarek! ¡Doctor Tarek! ¡Su padre, el doctor Thomas, acaba de morir, tiene que volver a casa!

Si no hubiera dicho tu nombre y el de tu padre, habrías creído que se trataba de una broma pesada. Intentaste interrogarle, pero encogiéndose de hombros te dio a entender que no sabía nada más aparte del mensaje que le habían dado para ti. Sacaste unas piastras del bolsillo para darle las gracias antes de volver a ponerte en camino. La ancha sonrisa que se le dibujó en los labios a la vista de las monedas acabó con la solemnidad que se había esforzado en mostrar al anunciarte lo ocurrido. Retomaste la carretera más conmocionado que triste, sin ser del todo consciente de la noticia que acababan de darte. Te urgía encontrarte con los tuyos.

Entraste en la clínica donde tu padre ya no volvería a ejercer sin tratar de comprender lo que implicaba aquella nueva realidad y subiste las escaleras de cuatro en cuatro para reunirte con tu madre. La encontraste sentada en el salón con tu tía Lola. La primera parecía practicar su nuevo papel de viuda delante de la segunda, que, visiblemente exaltada ante la idea de asistir en primera fila a aquella entronización, expresaba el agradecimiento de rigor con algunos sollozos convincentes. Te dio casi la impresión de que molestabas. Notando que no te atrevías a traspasar el umbral de la puerta, tu madre te invitó a entrar haciendo un gesto con la mano. Sus pulseras se entrechocaron con un tintineo impaciente. Cuanto estuviste a su altura, se levantó, te tomó en sus brazos y respondió con un convencional «no ha sufrido nada» a la pregunta que no le habías hecho. Tenía las facciones y el cabello respetablemente estirados. Como le sacabas un buen palmo, debías encorvarte para abrazarla, en una postura que te resultaba incómoda. Te quedaste inmóvil varios segundos, sin saber muy bien cuál de los dos consolaba al otro; luego ella se liberó de tu abrazo y te mandó a ver a tu hermana.

Cuando entraste en la cocina, Nesrine se echó a llorar sin contención, para disgusto de la criada. Fatheya llevaba varias horas improvisando bebidas calientes, caricias enérgicas e imploraciones divinas para evitar que se derrumbara, y tu llegada fue una corriente de aire sobre su castillo de naipes laboriosamente erigido. Te fulminó con la mirada, pero enseguida se ablandó, como si le hubieran hecho falta unos segundos para comprender que aquel duelo también era tuyo. Se acercó a ti, murmuró «cariño mío» mirándote. De las mil maneras que tenía de llamarte «cariño mío» había elegido la que significaba «sé fuerte». Haciendo un movimiento de la cabeza te indicó que tenía mucho que hacer y os dejó solos.

Con la cara descompuesta por el dolor, tu hermana te pareció más joven de los veintitrés años que tenía. Te recordaba a la adolescente que te llevabas a Zamalek a comer *fetir* dulce cuando te contaba sus penas. No le conocías ninguna que no se diluyera en miel. Tal vez fuera eso lo que más la reconfortase en aquel momento. No le dirías adónde la llevabas y ella no trataría de adivinarlo; lo importante era alejaros de aquellas paredes que exudaban tristeza. Ella esbozaría una sonrisa cuando reconociese la fachada del café y vuestros pensamientos confluirían. No haría falta decir nada; ella se limitaría a observar cómo el cocinero estiraba la masa, haciéndola girar por encima del mostrador de mármol, los movimientos de la mano experta amplificados por los espejos a su espalda. Solo sería un paréntesis en medio de vuestro duelo.

Enseguida te quitaste aquella idea de la cabeza. No te veías anunciándole a tu madre que os marchabais a dar un paseo por la ciudad en tales circunstancias. Uno no es más que lo que la sociedad espera que seas, y, en ese preciso instante, la sociedad esperaba de vosotros un rostro que inspirara afecto y compasión. No migas de pasteles barridas de la comisura de los labios con el apresuramiento de un niño goloso, estaba claro.

Lastrado por el peso de tus veinticinco años, te sentaste junto a tu hermana. La silla conservaba aún el calor de Fatheya.

—¿Cómo estás?

Ella respondió señalándose los chorretones de kohl de las mejillas. ¿Cómo iba a estar? Sonrió. Era lo único que importaba.

Aprovechaste aquella calma antes de la tempestad que se anunciaba. La noticia del deceso no tardaría en arrastrar a las masas al igual que el *jamsin* arrastra la arena en primavera. Tú no habías conocido la comunidad levantina de El Cairo en su apogeo, pero seguía siendo una ciudad dentro de la ciudad. Sabiéndola una piña tanto en la alegría como en la adversidad, imaginaste que el fallecimiento de uno de sus médicos eminentes provocaría una cierta emoción. En efecto, aquellos *chawams* constituían el grueso de la clientela de tu padre y de vuestra vida social. Eran cristianos originarios del Líbano, Siria, Jordania o Palestina pertenecientes a diversos ritos orientales. A pesar de que llevaban varias generaciones establecidos en las orillas del Nilo, muchos de ellos dominaban mejor el francés que el árabe y hablaban este último solo por necesidad. De hecho, se los consideraba extranjeros, «egipcianizados» en el mejor de los casos, sin que ellos trataran de negarlo en realidad.

Tú te movías en aquel mundo burgués y occidentalizado, una especie de burbuja alógena cada vez más anacrónica. Era la herencia de un Egipto cosmopolita que miraba hacia el futuro, en el que las distintas poblaciones de ascendencias lejanas se relacionaban unas con otras. Los levantinos se identificaban con la educación europea de los griegos, los italianos o los franceses; al igual que los armenios, conocían el sabor ferruginoso de la sangre que anticipa un exilio. Ese tipo de cosas une. La familia de tu padre era una de las que habían huido de las masacres de Damasco en 1860. Solo conservaba el nombre de pila, homenaje al barrio cristiano de la puerta de Santo Tomás donde habían vivido sus ancestros, y algunas joyas rescatadas de la joyería que regentaban allí, como el reloj de bolsillo del que nunca se separaba. Sin duda con la esperanza de que vosotros se las transmitierais un día a vuestros hijos, os contaba a tu hermana y a ti historias de otros tiempos. Trataban de los hombres y mujeres que os habían precedido, llegados a Egipto en oleadas sucesivas, de cómo estos habían contribuido al renacimiento intelectual del país de acogida, pero también a la dominación británica —a la que se adaptaron bien—, y de los prestigiosos puestos que ocupaban en la administración, el comercio, la industria o la cultura. Sus palabras traslucían una mezcla de orgullo y de gratitud hacia el pueblo que les había abierto los brazos. Pero al tono que empleaba cada vez le costaba más contener sus notas melancólicas. Era consciente de que había llovido mucho desde entonces sobre el puente de Qasr al-Nil y de que otro Egipto había nacido. Un Egipto a la reconquista de su identidad árabe y musulmana, enardecido por el patriotismo nasserista y sus sueños de grandeza recuperada. Un Egipto decidido a no dejarse desposeer de su élite. Suez, las nacionalizaciones, las confiscaciones y los exilios supusieron un brutal despertar para aquellos *chawams*, que habían soñado con servir de enlace entre Oriente y Occidente. Te acordabas de la época en la que no pasaba un solo día sin que un amigo te anunciara que se marchaba a Francia, el Líbano, Estados Unidos, Australia o Canadá. Sin mayor violencia que la de un desgarro interior, se resignaban a dejar la tierra que habían amado con locura y bajo la que pensaron reposar algún día. Vosotros pertenecíais a esos pocos miles que se habían quedado, negándose a abandonar un país que les daba la espalda; a esos que trataban de perpetuar la ilusión de una vida agradable en el entorno familiar de sus casas, sus iglesias, las escuelas francesas a las que apuntaban a sus hijos y el cementerio grecocatólico de El Cairo Viejo, en el que tu padre, pronto, descansaría.

Fueron muchos los que acudieron a vuestro domicilio de Dokki al día siguiente. Una prima de Fatheya había ido a echar una mano en la organización de aquel desfile de condolencias que tu madre acogía con la dignidad de rigor. Se encargaba de recibir las visitas cronometradas de quienes aparecían en vuestro rellano conducidos por la alianza improbable de las reglas de urbanidad y el instinto voyerista. Estos llegaban con sus fórmulas de cortesía y algunos recuerdos de tu padre cuidadosamente desempolvados para la ocasión, y juzgaban para sus adentros vuestro estado de abatimiento. Escrutaban el oscuro surco dejado por el cansancio bajo vuestros ojos, el temblor que os recorría cuando pronunciaban el nombre del difunto, y luego se volvían a marchar con el sabor mezclado de los dulces de pistacho y el deber cumplido. Está claro que, para algunos, la muerte es lo más entretenido que puede ofrecer la vida.

Se trataba del primer duelo al que te exponías tan directamente. Descubrías esa sensación difusa de estar fuera de uno mismo, casi disociado de su propia envoltura, como si la mente se negara a infligirle al cuerpo un dolor que no iba a soportar. Te veías enterándote de la desaparición de tu padre, saludando a los invitados, tratando de reconfortar a tu madre. Oías cada una de las palabras que decías como si las pronunciara otra persona. Te observabas en compañía de Nesrine, que lloraba tanto como no lo hacías tú.

Hubo de pasar casi una semana para que, una noche, en la soledad de tu cuarto, brotaran las primeras lágrimas. Todo lo relacionado con tu padre pertenecería ahora al recuerdo, pero no fue ese vértigo lo que se apoderó de ti. No. Era otra angustia la que te invadía. De repente sentías el cerco de responsabilidades que te oprimía el pecho. Las obligaciones sociales a las que te habías plegado los últimos días te habían permitido evaluar el lugar que ocupaba tu padre en vuestra comunidad y, por traslación, el que a partir de ahora ibas a tener que llenar tú. De hecho, en ese instante, llorabas sobre todo por tu suerte. Eras ese impostor que desposeía a su padre hasta de las lágrimas que le correspondían.

Con una mezcla de superstición y cansancio, imaginaste que estaba allí, presencia invisible, omnisciente, observando tus gestos y descifrando tus pensamientos. A medida que lo sentías cerca de ti, recordaste el tono de su escaso hablar y la elocuencia de su ceño; el olor del tabaco con el que rellenaba la pipa; las voces acaloradas que solo sus partidas de *bridge* podían provocar; la capacidad que tenía para memorizar cada carta que hubiera salido durante un lance; la mano segura que te había enseñado a palpar los cuerpos, a rastrear las señales incipientes de la enfermedad, a anticipar las preguntas clínicas que en la mayoría de los casos solo iban a servir para confirmar lo intuido durante una primera auscultación; la mirada firme cuya autoridad bastaba para interrumpir las escenas de cólera a las que podía entregarse tu madre. Te preguntaste brevemente si aquel último elemento no sería, de todos, el que más ibas a echar de menos.

Ver de nuevo a tu padre a través de esos detalles anodinos te apaciguó. Era como si volviera a ser el motivo legítimo de tu angustia, ahogando así el fuego de una culpa que amenazaba con consumirte. Tu corazón recuperó un ritmo normal. Habías pensado en él y habías llorado. Qué más daba el orden en el que se habían producido las cosas, habías hecho lo que cualquier hijo que esté de duelo debe hacer. Tenías el cuerpo cansado por un esfuerzo difícil de identificar. Te preguntaste cuánto tiempo tardaría tu mente en sustraerle cada uno de aquellos recuerdos. Te dormiste sin hallar una respuesta convincente.

§

Las semanas siguientes transcurrieron llenas de consideraciones diversas. Tu madre se zambullía en su nueva realidad con una devoción minuciosa. Toleraba las señales de cansancio (¿qué hay más legítimo que eso?); no obstante, cuidaba de que no se percibieran como indicios de relajación. ¡Un poco de aflicción era comprensible, pero en ningún caso el abatimiento! Trazaba una frontera sutil entre ambos, apañándoselas siempre para encontrarse del lado bueno. Oculta tras su entereza, que todos admiraban, la contribución de Fatheya, dedicada a responder a los requerimientos de su señora con discreta abnegación, pasaba desapercibida. De hecho, tengo que aclarar aquí una cosa: Fatheya no se llamaba Fatheya *en realidad*. El nombre que le habían puesto sus padres al nacer era Nesrine, y a tu madre enseguida le pareció que tener a dos Nesrines en casa solo podía ser fuente de confusión (por no mencionar que no era decentemente factible que su progenitura compartiese siquiera un nombre de pila con la criada). Sin embargo, mira por dónde, resultó que Fatheya trabajaba bien, aprendía rápido y no parecía alimentar ninguna concupiscencia sospechosa por los cubiertos de plata, tal y como demostraban los meticulosos recuentos llevados a cabo al final de sus servicios. De modo que tu madre decidió no tenerle en cuenta a Nesrine-Fatheya la usurpación retrospectiva del nombre de su hija. Con el poder que le confería su autoridad, le eligió otro a su criada, argumentando que a esta última tampoco la habían consultado para el anterior, de modo que no había lugar a ninguna queja. Aquella inesperada redención onomástica animó a Fatheya a redoblar su inventiva para satisfacer a su señora. En ese momento preciso, aquello consistía esencialmente en convertir su entrada en la viudedad en una nueva y brillante etapa social.

No podías tenérselo en cuenta, sabías de sobra que no era una situación envidiable. Incluso medio siglo después de que Huda Shaarawi se quitara el velo en el mar de Alejandría, la gestión autónoma de su existencia administrativa seguía siendo un horizonte lejano para una mujer sola. Tener un hijo resultó ser una ventaja inestimable. Con toda naturalidad te hiciste cargo de los distintos trámites burocráticos ocasionados por el fallecimiento de tu padre, que se añadieron al trabajo que seguías realizando en su consulta. Lo cierto es que la gran mayoría de sus pacientes te fue fiel, a pesar de la diferencia de experiencia y reputación entre él y tú.

Reproducías los gestos que te habían enseñado fríamente en la prestigiosa facultad de medicina de Kasr el Aini, a los que tu padre había sabido imprimir sentido y materia. Te había enseñado la técnica y —hasta donde se pueda transmitir— la intuición. La manera de abordar una enfermedad y a aquel que la padece; de escuchar los latidos de un corazón, así como aquello por lo que late. No era muy dado a los cumplidos, pero tú sabías reconocer las señales de aprobación, incluso a veces de orgullo, que expresaba de tanto en cuando de manera indirecta. Poco a poco, consiguió que, de simple ayudante, pasaras a ocuparte cada vez de más cosas en sus consultas. Incluso llegaba a preguntarte tu opinión de manera ostensible delante de algunos pacientes o a recalcar el valor de tu dictamen en un diagnóstico. Al principio aquello te incomodaba, pero pronto comprendiste que para tu padre era una manera de convertirte en legatario de su saber. Ahora que había desaparecido, te quedaba proseguir con la construcción de aquella legitimidad cuyos cimientos había erigido él.

La consulta solo cerró dos días. Quisiste que la actividad se reanudara tan rápido como fuera posible. Te obligaste a cumplir con las citas fijadas antes de su muerte y te esforzaste por descifrar sistemáticamente las notas que él había escrito en la historia clínica de cada paciente antes de recibirlos.

Por las tardes, Nesrine se pasaba por la planta baja para hacerte compañía. Sabía que te encontraría allí hasta tarde. A ti te gustaban aquellas citas. Te alegraban las últimas horas de un día de mucho trabajo. Decía que venía a ayudarte, pero sus buenas intenciones nunca sobrevivían mucho tiempo a los quehaceres que le encomendabas. Terminaba levantándose a prepararos un «café blanco»: agua caliente a la que añadía unas gotas de agua de azahar y la cantidad necesaria de azúcar. La noche se instalaba en la ternura. Hablabais de recuerdos de la infancia, de vuestros padres; a veces del futuro, a menudo del pasado. Ella decía que el azahar era bueno para la memoria. Tú no te atrevías a señalarle que no había realizado ninguna de las tareas para las que supuestamente había venido a ayudarte, pero aquello, al fin y al cabo, carecía de importancia. Su presencia te agradaba.

Un día tuviste una idea genial: regalarle un gatito. Lo llamó Tarbouche. Los gatos callejeros no faltaban en las calles de El Cairo; este todavía no estaba destetado y parecía abandonado. Sabiendo que tu madre no vería con buenos ojos el origen modesto de aquel nuevo miembro de la familia, te pusiste de acuerdo con tu hermana para darle otro más aceptable. Procedería oficialmente de una camada de la que uno de tus amigos habría querido deshacerse. Nesrine interpretó a las mil maravillas el papel de madre adoptiva, confiscándote algunas pipetas para alimentarlo y prodigándole más caricias de las que ningún felino cairota había recibido nunca. De este modo, seguía viniendo a la consulta, pero ahora su atención estaba puesta en el mimado Tarbouche. Tú podías consagrarte a tus expedientes médicos al tiempo que disfrutabas de su presencia. Y de vuestros cafés blancos.

4

El Cairo, 1981

Un patriarca copto de la época fatimí. Casi lo visualizabas, con el alba oscura, la capa pluvial, el amito y la barba poblada. Seguro que incluso mil años antes los patriarcas coptos llevaban la barba poblada, admitiste. Continuasteis. El califa lo había desafiado a demostrar la legitimidad de su religión. No obstante, era algo muy fácil: ¿no hay un versículo de los Evangelios que afirma que una fe del tamaño de un grano de mostaza basta para mover montañas? Pues entonces ¡que mueva la de Mokattam! Si fracasaba, el pueblo copto sería exterminado. Pese a que la historia había tenido lugar diez siglos antes, la tensión en la voz de tu interlocutor no era fingida. Te encantaba escuchar a la gente de Mokattam contarte aquellas leyendas que les llenaban de orgullo. Historias que desconocías pese a que el marco te era familiar.

Desamparado, el anciano religioso inició tres días de ayuno y rezos al término de los cuales se le apareció la Virgen María. Esta lo invitó a ir a la plaza del mercado. Allí acudiría en su ayuda un zapatero llamado Simón, al que solo le quedaba el ojo izquierdo. «¿Un solo ojo?». Como buen médico, preguntaste por el origen de aquella discapacidad. Te contestaron que, tiempo atrás, un pensamiento impuro se había apoderado del fabricante de zapatos al ver el pie de una clienta y había decidido sacarse un ojo a modo de penitencia. Al tiempo que calibrabas la magnitud de su piedad, no pudiste evitar imaginarte la escena de esta mujer que no podía hacerle un pedido a su zapatero porque este se estaba sometiendo a una sesión mística de automutilación. Pero aquello no era lo esencial: el mojigato artesano también sabía obrar milagros, lo cual, para el caso, resultaba de gran utilidad. Bastaron un par de encantamientos para que Mokattam se elevara ante los incrédulos ojos del califa, condenándolo a reconocer la veracidad de las Escrituras cristianas.

Se produjo un silencio; aguardaban tu reacción. Te mostraste impresionado por el desenlace. Sabías que el pueblo copto de Egipto le daba especial importancia a aquel milagro. Como creía deberle su supervivencia, mil años después seguía estando muy presente en aquel lugar que ahora empezaba a parecerse a un vertedero a cielo abierto. Y es que las cosas habían cambiado mucho desde entonces: hacía unos años, el gobernador de El Cairo había promulgado un decreto con el fin de reunir allí toda la basura de la capital. Camionetas cuya altura podía triplicarse solo con el volumen de los residuos que transportaban acudían a descargarlos a medida que llevaban a cabo las recogidas. Había surgido toda una economía en torno a la actividad de los *zabalin*, una «comunidad de la basura» que vivía de la criba, la reventa y el reciclaje. Capaces de crear cualquier cosa de la nada, transformaban con igual ingenio tanto latas de refrescos en bolsos como las paredes hostiles de su montaña en lugar de culto. En efecto, desde hacía algún tiempo, nacía de la roca una iglesia rupestre en honor a su ahora santo, Simón el Zapatero.

Quienes no son capaces de mover montañas al menos pueden construir un dispensario, te decías tú. Guardabas para ti la convicción de que siempre les sería más útil que una iglesia a los habitantes desfavorecidos de aquellas colinas. Había cambiado bastante en los últimos siete años, con su tejado posado sobre los cuatro muros desnudos que componían el edificio inicial. Lo que en un principio no había sido más que una enfermería improvisada ahora contaba también con agua corriente más o menos potable y electricidad. Durante años, tus pacientes más débiles tuvieron por costumbre sentarse a lo largo del muro exterior, en unas sillas plegables que sacabas al comenzar el servicio. Por encargo tuyo, se estaba construyendo para ellos una sala de espera contigua al cuarto en el que pasabas consulta. Las obras habían empezado el mes anterior y te entusiasmabas con cada avance. A veces incluso arrimabas el hombro ante la mirada divertida de los lugareños, que nunca habían visto a un médico acarreando ladrillos. De hecho, ¿realmente era ese el cometido de un médico? ¿Qué facultativo digno de ese nombre tendría tiempo para dedicarse a semejantes tareas? Por fortuna, tu reputación se había extendido ya más allá de la orilla occidental del Nilo y no daba pie a maledicencias. Tu reputación y, sobre todo, la de tu padre, a quien le debías todo en la materia. Por lo demás, el proyecto de ofrecer tus servicios a la gente de Mokattam era solo tuyo. Es más, en su momento habías tardado varios meses en hablarle del tema por miedo a su reacción. Contra todo pronóstico, esta había sido bastante positiva. Satisfecho de ver que la medicina también ocupaba tus ratos libres, se limitó a asegurarse de que aquella nueva actividad no interfiriera con tu trabajo en su consulta. Tu madre, que en un primer momento había puesto el grito en el cielo ante lo que ella consideraba una pérdida de tiempo, había acabado adhiriéndose, como solía hacer, a la opinión de su marido. Tampoco estaba mal que te entrenases con los pobres, en cuyo caso un posible error médico le parecía de menor implicación.

Una cola bulliciosa e imprecisa precedía siempre tu llegada. Se componía de lisiados, ancianos desdentados, niños enclenques y algunas mujeres que volvían semana tras semana a pedirte tu opinión sobre casi todo. Tú fingías no darte cuenta de lo acicaladas que iban y de la ausencia notoria de dolencias que habrían justificado una consulta médica. Vestían a sus hijos con prendas limpias que contrastaban con los raídos harapos que se ponían a diario para disputarse un balón hecho con calcetines metidos uno dentro de otro, en medio del montón de latas y jirones de tela que les servían de zona de juegos. Los recibías entre aquellas cuatro paredes con la música de fondo de una cinta de casete en la que habías recopilado todas tus canciones preferidas procedentes de Europa y esa en árabe que acababa de sacar Dalida y que los pacientes te pedían. No rechazabas a nadie, procurando ofrecer a todos los cuidados y la escucha que habían ido a buscar. A lo sumo, te tomabas la libertad de atender primero a aquellos cuyo estado te parecía más crítico. El viejo Moufid empezaba cada consulta mostrándote sus dedos nudosos, que las articulaciones ya no le permitían doblar; Noura te hablaba de su asma, que atribuía a un sortilegio que le había echado la pérfida de su cuñada, y Amira simulaba un dolor de cabeza cuya única y recurrente causa no era otra que la falta de pretendientes para su hija. A lo mejor contaba con tu infinita abnegación para atajar el mal de raíz.

Del mismo modo que los *zabalin* de Mokattam dedicaban su existencia a dar una nueva vida a los objetos que iban a parar a sus manos, tú te esforzabas por curar aquellos cuerpos maltrechos, aquellos miembros dislocados, aquellas llagas purulentas cuyo olor ya nadie distinguía en ese barrio de chabolas que concentraba por sí solo las emanaciones más pestilentes. Aunque las primeras veces que pasaste consulta allí se te pegaron a la garganta, ya no te molestaban. Eran la vertiente olfativa de aquel lugar al que le habías cogido cariño. Ya no contabas el número de costillas rotas, de infecciones sin tratar y de dificultades respiratorias. Descubrías los límites de tu profesión cuando aquellas mujeres con la cara magullada te contaban que habían tropezado al bajar las escaleras de su casa. Tratabas de escuchar las palabras que cada una de ellas pronunciaba, pero también las que callaba. Luego, impotente, las acompañabas hasta la salida de la consulta, donde las esperaba el marido. Un marido cuyas manos con aspecto de escaleras volverías a ver en el momento de quedarte dormido.

A veces, te sentías mal cuando veías sangre. Le conservabas de tu infancia una aversión instintiva que aún intentabas dominar. Debías de tener unos catorce años el día en que Nesrine, al volver de un paseo en bicicleta con un importante rasguño en la pierna tras caerse en una chumbera, acudió a ti en busca de tus talentos de futura eminencia médica. Se daba por sentado que seguirías los pasos de tu padre, y tu madre tenía a gala recordarlo cada vez que se presentaba la ocasión. Quizá fuera una forma de asegurarse de que no ibas a cambiar de opinión. Nesrine apareció, semblante ufano y pantorrilla arañada, con un montón de espinas clavadas en la piel que se había cuidado de no tocar para no alterar en nada el caso clínico que te traía. También pensaba que podrías ahorrarle la «loción que pica» de tu padre y, sobre todo, la consecuente reprimenda. Al descubrir la herida te dio un mareo, y fue ella quien tuvo que sujetarte a ti cuando te desmayaste. A partir de entonces, se decidió que tu padre conservara las primicias de sus males hasta que terminases la carrera, lo cual te daba más de una década de respiro.

Mucho después, tu mente seguiría luchando para disociar a la persona del cuerpo durante las complejas operaciones en las que tu mano no podía permitirse ceder a la emoción. Pese al tiempo que llevabas esforzándote para controlarlo, aún te daban arcadas cuando Tarbouche se presentaba con el cadáver de la última paloma que se había cruzado en su camino en el hocico y el mismo aire bravucón que Nesrine de niña, al salir de su chumbera.

En la facultad descubriste que te apasionaba el funcionamiento del sistema nervioso. Si por ti hubiera sido, habrías consagrado tu vida a su estudio, pero tu padre estaba empeñado en que tus conocimientos tuvieran una aplicación manual. Optaste por la neurocirugía, que acabaste ejerciendo en el Hospital Americano de El Cairo, en paralelo a tu trabajo en su clínica. El saber desvinculado de la práctica siempre le había parecido vano, en el mejor de los casos, cuando no sospechoso. Fuera del campo de la medicina, tu padre mantenía una distancia prudencial con cualquier forma de intelectualismo. Si hubiera podido vivir hasta entonces, los últimos meses de la presidencia de Sadat, cuando a muchos de tus profesores de universidad y de sus pacientes más comprometidos los encarcelaban, sin duda le habrían dado la razón. Siempre se había abstenido de emitir juicios morales o políticos, afirmando ceñirse a su función dentro de la sociedad: sanar cuerpos. Nunca supiste si se trataba de una manera de evitar los temas polémicos en un Egipto en el que dar su opinión podía costarle a uno la vida o, simplemente, de una genuina falta de interés por su parte.

5

—¿Es un hombre?

—No.

—¿Una mujer?

—¿Qué va a ser si no?...

—¡Podría ser Tarbouche! —exclamó muerta de risa—. Entonces, una mujer... ¿Es famosa?

—No.

—¿De la familia?

—Sí.

—¿La tía Lola?

—¡Tienes que hacer preguntas!

Ella dejaba de tener treinta años cuando os entregabais a aquel juego que os divertía desde la infancia y del que fingía descubrir las reglas.

—¿La persona que buscamos se llama tía Lola? —retomó entonces con un tono falsamente formalista.

—Nesrine...

—¿Qué pasa? ¡Es una pregunta!

—Normalmente, si te equivocas pierdes.

—Nunca me ha gustado esa regla...

—No. Tiene más dientes que la tía Lola.

—¿Nonna Rose?

—Menos alcohol que Nonna Rose.

—¡Menuda pista, puede ser cualquiera! ¿Está soltera?

—Viuda.

—¡La tía Simone!

—Sí, bravo.

—¡Echamos otra!

Estabas a punto de decir que ya era hora de volver cuando el camarero os interrumpió. Nesrine pidió otro té a la menta; tú no tenías sed. Ya había adivinado a tu madre, a Umm Kulthum, a Ronald Reagan y a la prima de Fatheya. Sus nombres se añadían al panteón de las personalidades acertadas por tu hermana en dos décadas de adivinanzas resueltas.

—Una última entonces, pero te advierto que no la vas a adivinar.

Se le iluminó el rostro.

—¿Es un hombre?

—No.

—¿Está viva?

—Sí.

—¿Es famosa?

—No.

—¿De la familia?

—No.

—¿Guapa?

—Puede...

—¡No puedes hacer eso! ¡Tienes que responder sí o no!

—Nunca me ha gustado esa regla...

—¿Entonces es guapa?

—Sí...

—¡Ah!

Ella enumeró más o menos a todas sus amigas, mencionó a algunas conocidas de tu madre —casi siempre con ironía—, a una o dos pacientes de tu consulta con las que le habría encantado que salieras y luego se le agotó la inspiración. El cerebro no dejaba de darle vueltas, como el ventilador del techo.

—Te dije que no lo ibas a adivinar —exclamaste con una sonrisa triunfal—. Venga, ya es hora de irnos. ¿Un último intento?

Ella puso cara de resignación.

—No, venga, dilo. ¿Quién es?

—Mira.

—¿Mira Nakelian?

—La misma.

—¡Pero si hace diez años que no la vemos! —protestó ella.

—Catorce, incluso. No es ninguna razón para excluirla, que yo sepa.

—¿Y por qué me sacas a Mira Nakelian ahora? —rezongó Nesrine, a la que no le gustaba perder.

—Porque sabía que no lo ibas a adivinar. Y porque el otro día me crucé con ella.

Era una tarde para no tener más ambición que fundirse con la sombra de los sicómoros. Una tarde de una dulzura accidental. De todas las preguntas con las que te bombardeaba desde que habíais salido del café, solo una contaba en realidad:

—Supongo que está casada, ¿no?

—Pues supones mal.

A Nesrine se le alegró la cara. Mira era la primera chica de la que le habías hablado; tu hermana nunca te había vuelto a ver así de entusiasmado con ninguna otra. El muecín se esforzaba por elevar la llamada a la oración por encima de las risas de los niños y el fragor de las motos. Bordeabais los edificios color arena sin prestarles ya atención. Una tarde de adolescencia recuperada.

—¿Y tú? ¿No hay ningún chico en tu vida?

—¡Tarek, por favor! No digas cosas así ni en broma…

Se ruborizó. Sus mejillas recordaban la pulpa de las primeras sandías de primavera. Su reacción te sorprendió. Sin duda era poco delicado dar a entender que una joven de treinta años pudiera seguir soltera y frecuentar a hombres. Aquello te hizo pensar en la desigualdad de vuestras situaciones, pero el pensamiento se evaporó tan furtivamente como había surgido.

—A ver si te la presento si se da la ocasión.

6

El Cairo, 1967

De adolescente, solías ir al Gezira Sporting Club. Allí se daban cita las familias de bien de la capital, al menos aquellas cuyas empresas no habían pasado a manos del Estado; a las otras les habían retirado el carné de socio por temor a que acudieran a conspirar contra el Gobierno. Muchos de vuestros semejantes pertenecientes a la burguesía siriolibanesa de El Cairo se habían visto en esa situación. En aquel Egipto en plena efervescencia, el oficio de tu padre os proporcionaba una tranquilidad nada desdeñable teniendo en cuenta vuestros orígenes extranjeros.

Aunque procedía de un entorno más modesto que la mayoría de los clientes habituales, Mira también frecuentaba el Club. Su familia formaba parte de la tercera y última ola de armenios que habían emigrado a Egipto. Llegaron a mediados de los años veinte, cuando aún eran niños; primero Sévan, su padre, y luego Kariné, su madre. Sus respectivas familias no se conocían, pero hay tragedias que unen, tanto en sentido figurado como literal, y ambas se establecieron en Miṣr el Kadima, en El Cairo Viejo, donde se hallaba igualmente el cementerio armenio. Este se llenaba más despacio que los de las tierras que habían dejado atrás, cosa que se agradecía a Dios todos los días.

En su casa se hablaba armenio. También comprendían el turco, aunque evitaban pronunciar una sola palabra en esa lengua (salvo para anunciar el resultado de los dados durante las partidas de *tawla*, que por lo general acababa ganando Sévan Nakelian). Reservaban el árabe para las interacciones con su país adoptivo. Por lo demás, tanto él como ella trabajaban en una imprenta regentada por armenios en la que Sévan había ido ascendiendo pacientemente hasta ocupar un cargo de directivo. Conscientes de la necesidad de integrarse en el presente sin por ello dar por sentado el futuro, se habían asegurado de que Mira aprendiera árabe y francés en clase. A diferencia de la mayoría de sus compatriotas, no habían mandado a su única hija a una escuela armenia, sino a un establecimiento privado y religioso de El Cairo. Desde su más tierna infancia, Mira se había acostumbrado a relacionarse con compañeros de familias más privilegiadas, a responder cuando sonaba el teléfono de casa y a traducir las canciones de Aznavour para sus padres, que las tarareaban fonéticamente.

En el Club, solía sentarse a leer y a ver las carreras de caballos en las mesas de afuera mientras el sol improvisaba reflejos cobrizos en su melena oscura. El resto del tiempo, se refugiaba en la sala de música, donde descubría los vinilos que llegaban de Francia. Escuchaba una y otra vez «Ciao amore, ciao», de Dalida, soñando en cada estrofa con los amores imposibles de la egipcia de Shubra que había conquistado Francia, y estaba secretamente enamorada de Salvatore Adamo, cuyos discos aún seguían vendiéndose en el mundo árabe. Le encantaba colocar las fundas de los elepés una al lado de otra, teatralizando miradas cómplices entre los artistas, inventándose posibles diálogos y riéndose a carcajadas con sus amigas de lo absurdo de las respuestas que les atribuían. La cara se le redondeaba a medida que la risa le elevaba los pómulos.

Conocías el lugar desde pequeño. Tu padre, que nunca se había aficionado a los salones y demás círculos literarios a los que acostumbraba ir vuestra comunidad, pasaba sus ratos libres en el ambiente humeante de las salas de juego del Club. Allí se veía con sus compañeros de *bridge* mientras tú descubrías distintos deportes: la natación, el críquet e incluso el golf, en aquel terreno, el más antiguo de Egipto, que durante mucho tiempo había estado reservado en exclusiva a los ciudadanos británicos. Al final optaste por el tenis, en el que acabaste alcanzando un buen nivel. A lo largo de tus fluctuaciones deportivas, no te diste cuenta de que, curiosamente, el lugar en el que te entrenabas siempre coincidía con el que Mira elegía para sus lecturas. Hizo falta que tus compañeros de juego se rieran de aquella casualidad relativa para que te rindieras ante la evidencia de que le gustabas (versión que, no obstante, ella rebatiría. Mira-Mala-Fe).

§

Aquel lunes por la mañana debías ir a clase. Aún no habías franqueado la cancela de vuestra casa cuando te llegaron los gritos de excitación procedentes de la calle. La circulación se había detenido y la gente se congregaba alrededor de los taxis, parados con las ventanillas bajadas y la radio a todo volumen. Faltaba poco para las nueve y Radio El Cairo anunciaba con orgullo el derribo de docenas de aviones israelíes. Hacía días que la tensión iba en aumento. Las dilaciones de Levi Eshkol, las autosatisfactorias invectivas de Nasser, el acercamiento del rey Huséin y los aliados árabes, la prudencia de las potencias europeas, los rodeos de los estadounidenses... el decorado de una gloriosa obra de teatro para Egipto se había montado rápidamente y he aquí que el primer acto comenzaba con estrépito. La muchedumbre, embaucada con aquellas supuestas hazañas militares, estaba exultante y repetía a quien quisiera escuchar fragmentos de los comunicados que con tanta habilidad había difundido la plana mayor del Ejército. Los hombres sacaban los brazos por las ventanillas de los autobuses y chocaban palmas con los transeúntes. Aquel iba a ser un día histórico.

Perdido entre la marabunta enardecida, cruzaste con esfuerzo el puente que llevaba a Zamalek y echaste a correr hacia el Sporting Club, seguro de que a más de uno se le habría ocurrido la misma idea. Por los altavoces, normalmente reservados para la transmisión de los resultados deportivos, la radio desgranaba el rosario de apoyos de los países aliados. Tú te dejabas llevar por aquel fervor popular que azuzaban las arengas, ora marciales, ora laudatorias, de los locutores. Tenías dieciocho años recién cumplidos. Pensaste que a ti también podrían llamarte a filas para participar en aquella guerra; intentaste no darle más vueltas. Las horas pasaban y ya ibais por casi un centenar de aviones enemigos derribados. Vuestras tropas avanzaban por el Sinaí y varios comandos habían penetrado en territorio israelí.

—Parece que Nasser va a almorzar mañana en Tel Aviv.

Era la primera vez que oías la voz de Mira; al volverte, reconociste a la lectora de las canchas.

—Eso dicen. —De pronto, sentiste que te invadía una audacia desconocida y añadiste—: ¿Y tú, dónde cenas esta noche?

Hacía apenas unas horas que había empezado la que se conocería como la guerra de los Seis Días y nadie habría podido imaginarse que Egipto y sus aliados la habían perdido ya con creces. Los relatos de vuestras hazañas imaginarias hacían vibrar a todo el país, que tardaría décadas en evaluar las consecuencias de su derrota. No tenía importancia. La gente a vuestro alrededor estaba radiante con su felicidad falsificada. El final de la tarde era clemente con la ciudad, abrasada por los calores de junio. Caminabas más ligero que un grano de arena bailando al viento, con la mano en la cintura de Mira. Te parecía que en un día así era posible permitirse algunas licencias.

§

¿Qué sabías de ella? No más de lo que ella sabía de ti. Es decir, casi nada. Quedasteis en Zamalek tan solo unas horas después de despediros. En la calle Hassan Sabry Pacha, para ser más exactos, donde banqueros, directivos, diputados y abogados poseían residencias de arquitectura ostentosa, reflejo de su éxito social. Aquel barrio te parecía un marco de lo más apropiado para tus intentos de seducción. Al verla llegar se te pasó el miedo inconsciente a que no acudiera. Llevabas parte de la tarde imaginando un paseo romántico que os conduciría al elegante restaurante en el que habías reservado mesa. Pero, apenas comenzaste a presentarle el trayecto, Mira te interrumpió. Te explicó sin rodeos que no le veía ningún encanto a aquellas avenidas pretenciosas y que, en un momento histórico como ese, lo mejor sería buscaros un bar, donde seguro que circulaban las rondas en nombre de la grandeza recuperada de Egipto. Sorprendido, claudicaste sin insistir y dejaste que eligiera el sitio. Te precedió esbozando una sonrisa.

§

—¿Te gusta bailar?

En realidad no era una pregunta y, de todos modos, no disponías de muchos datos en los que basar una respuesta. Balbuciste algo a lo que no prestó atención; bastó con empujar la puerta para que el ruido del interior ahogara vuestras palabras.

Saltaba a la vista que Mira se encontraba en terreno conocido. Palmeaba el hombro de los camareros con familiaridad y dotaba a cada uno de sus movimientos de una desenvoltura natural que contrastaba con la hostilidad de las luces y el volumen sonoro. A ti te habían llevado alguna vez a esas discotecas que hay junto a los grandes hoteles de El Cairo, y ahora te parecían de lo más decentes en comparación con el local en el que estabas poniendo los pies. Os quedasteis en la barra. Te sirvieron una copa que no recordabas haber pedido. Ya la había pagado ella. Mira-Conquista-Espacial. En circunstancias normales, que una chica te invitara, y encima sin conocerla en realidad, te habría parecido inconcebible, pero ya nada te sorprendía.

—¿Vienes mucho por aquí?

Mira se llevó la mano al oído para que se lo repitieras. Te acercaste a su rostro y, forzando la voz, le volviste a hacer la pregunta, que ahora se te antojaba un poco tonta. No se molestó en contestar. En lugar de ello, te asió por el brazo para llevarte a la pista. No habías bailado nunca. Te habían hecho falta años para aprender a reproducir los gestos médicos y era evidente que solo dispondrías de unos segundos para aprender a bailar. Aferrabas la mirada a los movimientos de la caótica multitud en un intento desesperado por encontrar algo que te sirviera de inspiración. No tenías ni idea de lo que había en tu copa, pero presentiste que no te vendría mal un buen trago.

§

Dos días. Los soldados enemigos habían tardado lo mismo en conquistar el Sinaí que Mira en invadir tus pensamientos. Por sorpresa y sin apenas oposición. Dos días. Burlar los radares, neutralizar cualquier forma de resistencia, lanzar el asalto. Al igual que Leila hechizando a Kais en el cuento que te leían de niño, Mira se había apoderado de tal forma de tus pensamientos que te parecía incluso más presente cuando no estabais juntos. Las decenas de miles de militares egipcios aún no habían vuelto del combate para contar la derrota de vuestro ejército y el país vivía las últimas horas de una victoria ilusoria. La embriaguez absurda de la calle era equiparable a la tuya.

Volviste a verla al día siguiente y, de nuevo, la noche de después. Cada hora que pasabais separados estaba llena de esa mezcla de alelamiento algo ingenuo y espera ansiosa tan característica de los primeros momentos de una relación. Dormiste mal, te estudiaste la sonrisa en el espejo desde distintos ángulos, giraste de manera mecánica la muñeca derecha, donde llevabas el reloj, ensayaste unos pasos de baile a salvo de las miradas y te confiaste a Nesrine, que nunca antes había mostrado tanto interés por saber cómo te había ido el día. A sus dieciséis años, se convirtió sobre la marcha en experta en seducción. Había leído al respecto (fundamentalmente *Madame Bovary*, sacada a hurtadillas de la biblioteca de vuestra madre y reducida a los pocos pasajes que captaron su atención a medida que pasaba las páginas) y afirmaba tajante que para un cerebro masculino tan novato como el tuyo cualquier corazón de mujer se parecía y, al mismo tiempo, resultaba indescifrable. Ese aspecto le otorgaba de forma natural un papel destacado en tus planes de conquista amorosa. Se encargó de tu preparación mental y, sobre todo, de tu vestimenta con vistas a cada cita, y aguardaba con impaciencia tu relato de la mañana siguiente para medir los progresos realizados. Te parecía estar viendo a tu madre en la actitud de general del ejército de tu hermana pequeña, tanto que se te antojaba conmovedor, divertido y, al mismo tiempo, totalmente terrorífico. Te elegía la ropa y te inspeccionaba el peinado, domesticado con gomina para evitar que a ningún remolino se le ocurriera rebelarse. Al verte llegar con aquella pinta de chico bueno, Mira siempre enarcaba las cejas y te pasaba cariñosamente la mano por el pelo para devolverle algo de libertad.

7

—¿Cómo que «no ha venido»? ¿No te habrás equivocado de sitio?

—Llevamos quedando en el mismo lugar desde el lunes...

Nesrine buscaba el fallo en su plan. Había estudiado el rumbo que tomaría aquel nuevo encuentro, posicionando mentalmente las distintas hipótesis a lo largo de dos ejes, en función de su probabilidad y de lo favorable o no que fueran al desenlace esperado. Aunque creía tener contempladas casi todas las eventualidades, había que admitir que aquel plantón no formaba parte de ellas. Le desconcertaba aún más el hecho de que aquella cita era una parte fundamental de su estrategia: debía permitirte recabar (con tacto) los datos con los que forjarse una opinión sobre Mira. No se podía confiar a ciegas en una chica que te paga una copa que no has pedido, ¡por muy miembro del Gezira Sporting Club que fuera! Mira-Janociana.

—¡Tuvo que pasar algo la última vez que os visteis! Seguro que la ofendiste sin darte cuenta...

Nesrine reflexionaba cuando de repente le brillaron los ojos:

—¡Ay! No se te habrá ocurrido decirle...

—No. No le he dicho «te quiero».

Pronunciaste aquellas palabras como el alumno que recita aplicadamente una instrucción elemental. Ella te observó con un aire suspicaz, dándote a entender que dudaba de tu capacidad para respetar sus indicaciones por muy claras que fueran, y acto seguido rompió el silencio:

—Entonces es que le ha pasado algo... ¡La gente está loca en este momento! El otro día, un grupo que bailaba en la calle al son de himnos patrióticos casi se lleva por delante a un anciano.

—Pues... en realidad, no.

—No, ¿qué?

—Después de esperarla más de una hora, fui a su casa y la vi por la ventana. Estaba leyendo un libro en el salón.

—¿Cómo?, ¿me estás diciendo que sabías su dirección?

—No exactamente... Por lo que me había contado deduje que vivía en la esquina de Misr el Kadima.

—¡No me lo puedo creer! Está claro: te había dado su dirección y luego va y no se presenta, ¡solo para ver si ibas a buscarla! ¡Es que no te enteras de nada! ¡Estoy segura de que, mientras fingía que estaba leyendo, tenía a tres amigas haciendo guardia delante de su casa para ver si aparecías!

El cerebro de Nesrine estaba en plena ebullición. Acababa de dar con la pieza que faltaba para que el engranaje se pusiera en funcionamiento de nuevo. Tras pensarlo un momento, se decidió a exponerte lo que te tocaba hacer a continuación. Se resumía en una sola palabra: nada.

—¿Nada?

Sí, nada. Dejarías de quedar y punto. Esperarías a cruzártela en el Club de manera fortuita, te mostrarías indiferente y ella se arrastraría ante ti, mortificada a más no poder por sus tejemanejes (tú no pedías tanto, pero parecía que ese aspecto era importante para Nesrine). Solo entonces podrías plantearte perdonarla.

Enardecida por el giro que tomaban las cosas, tu hermana dio un puñetazo en la mesa para marcar el epílogo triunfal de aquella operación.

—¡Es cuestión de días! —exclamó entusiasmada de nuevo, antes de despedirse de ti.

Tras perder a diez mil hombres, Egipto aceptó ese jueves un alto el fuego de la guerra empezada a principios de la semana. No volviste a ver a Mira en los catorce años que siguieron.

8

El Cairo, 1982

Aprovechó ese momento a solas con su padre para preguntarle si había elegido bien a su marido.

—Casi tan bien como tu madre —le contestó él con una sonrisa cariñosa. Estuvo a punto de añadir: «No le falta nada... ¡salvo tres letras al final del apellido!», pero se contuvo.

Vestida con su traje de novia, veía poco probable que su padre volviera a sacar el tema, pero la respuesta que acababa de darle la reconfortó en cierto modo. Mira-Armenidad-en-Peligro. Entonces le hizo la única pregunta que le importaba de veras: «¿Estás orgulloso de mí?».

Allí estaban los dos, en la calle, como ángeles perdidos. Él pendiente de no ensuciarse el traje al apoyarse en el Mercedes blanco que acababa de dejarlos, y ella intentando recordar la boda con la que habría soñado de niña. Cerró los ojos, tratando de hacerse una imagen. Pero no le venía nada. Ni vestido, ni decoración, ni entrada en la iglesia ni baile inaugural... Nada. Y eso que habría jurado que se lo había imaginado un millón de veces. Llegó a la conclusión de que, más que con el acto en sí, lo que había soñado era con casarse. La explicación le pareció racional. Distraída por su reflejo en la ventanilla de la portezuela delantera, no buscó ninguna más. No tardarían en hacerles señas para que entraran en la iglesia.

La única concesión que había obtenido de su suegra era que el enlace se celebrara en la catedral católica armenia de la Anunciación. Las filas de bancos estaban llenas de miembros de ambas familias, amigos y personalidades a las que se frecuenta poco, pero de las que no obstante conviene rodearse en una ocasión así. Por lo demás, la familia de su esposo había enviado la mayoría de las invitaciones. Se preguntó si se notaría el desequilibrio. Esa duda la atormentó todo el día: durante la misa, sentada frente a los asistentes en el coro de la catedral, así como durante el convite.

Con su vestido adornado con pétalos de rosa cosidos, aparentaba menos edad de la que tenía. Por sugerencia de Nesrine, lucía una corona de flores a juego con el traje que le sujetaba hacia atrás la melena de reflejos ligeramente cobrizos. Aún no se había acostumbrado del todo a la sensación nueva de la alianza de oro blanco engastada de diamantes ciñéndole el anular; procedía de la tienda de uno de esos joyeros armenios a los que la calle Adly debía su fama. A medida que corría el buen vino, la perfidia de quienes habían bajado la voz para preguntar si treinta y tres años no eran muchos para una novia languidecía poco a poco. Pero el tema recurrente de conversación en todas las mesas era el reencuentro de los esposos. Las mujeres se enternecían, mientras que sus maridos reían gustosamente de las circunstancias inesperadas en las que se había producido. «¡Figúrese: elige la guerra de los Seis Días para dejarlo y luego va y se lo encuentra al cabo de catorce años, precisamente el día del último desfile del 6 de octubre!».

Todos tenían en mente la anécdota de aquella víspera del Aid, cuando, sentado a la mesa de un café, mirabas distraído la pantalla del televisor que retransmitía los actos conmemorativos de la guerra del Yom Kipur. En pleno desfile militar, dos oficiales y cuatro soldados se apearon de un camión que al principio se pensó que estaba averiado y arrojaron una granada antes de abrir fuego contra la tribuna presidencial. Esas imágenes que el mundo entero difundiría una y otra vez durante los siguientes días produjeron en el establecimiento donde las descubrías en directo el efecto de una descarga eléctrica. Algunos parroquianos vociferaban incrédulos ante la escena que tenían delante, mientras los demás los apremiaban a callarse a fin de oír los comentarios de un presentador superado por los acontecimientos. La gente se apiñaba ahora en el café para ver la televisión o escapar de la barahúnda de la calle, donde la multitud sobreexcitada se asemejaba a la que huía ensangrentada de las primeras filas del desfile nacional. Bajo el ruido de las armas automáticas, nadie oyó gritar «¡He matado al Faraón!» al fanático aquel, pero pronto se establecería que el presidente Sadat no había sobrevivido. En medio del alboroto general, la única frase que te llegó fue la pregunta sincera e incrédula de una voz olvidada: «Tarek, ¿de veras eres tú?». ¿Hacía falta que todo el país se tambaleara de nuevo para que vuestra historia siguiera por donde se había detenido? Mira-Ángel-del-Apocalipsis.

§

Los meses previos a la boda os habían permitido sentar las bases de vuestra futura mudanza. Lo primero era transformar la primera planta de la casa señorial de Dokki en un piso independiente para que Mira y tú os mudarais a él. De modo que debajo de vosotros se hallaría tu consulta y en la segunda planta, tu hermana y tu madre. Esta última había dirigido las obras a marchas forzadas, que —hecho destacable para Egipto— habían finalizado a tiempo, mientras que tu prometida se había encargado de la decoración. Un entendimiento inesperado parecía unir a ambas mujeres, más allá de la simple cortesía de rigor. Tú estabas sorprendido, pues su carácter no las predisponía a algo así, pero tu madre había sabido suavizar su severidad militar allí donde su futura nuera se esforzaba por mostrarse pragmática y conciliadora. Eran distintas incluso físicamente, y sonreías al ver que Mira evitaba llevar zapatos de tacón en presencia de su suegra, para no acentuar la diferencia entre sus respectivas figuras. Conscientes de su complementariedad, se profesaban un sincero respeto mutuo; casi envidiabas aquella complicidad surgida en tan poco tiempo.

Excluido de la obra para tu gran alivio, te conformabas con oír el ruido desde la clínica, en la planta baja, y te escudabas en la excusa de la sorpresa que te estaban preparando para hacerles el menor número posible de preguntas sobre el estado de la reforma. Tuviste que esperar al día después de la boda para descubrir el resultado. Como manda la tradición armenia, os estaba esperando la madre de la novia, que os ofreció una cucharada de miel y unas nueces para desearos una dulce felicidad. El encanto apenas duró un año.

9

Cuando llegaste a Mokattam aquella noche, había una multitud apelotonada delante del dispensario. A pesar de que aparecías con cuarenta minutos de retraso por lo menos, todos sabían que venías los miércoles y que por nada del mundo habrías cancelado sin avisar. A medida que te alejabas del centro de El Cairo, te sentías transportado por un segundo aliento que hacía que te olvidaras de los esfuerzos de una jornada que había empezado cerca de doce horas antes. Aparcaste el coche junto al edificio y enseguida se manifestaron los habituales efluvios de basura quemada. Algunas personas se te acercaron a explicarte sus problemas despreciando la especie de fila que supuestamente regía el orden de entrada. Fueron amonestadas de inmediato por los que habían llegado primero. Echaste un rápido vistazo a la multitud, localizaste algunos casos que te parecían prioritarios —niños pequeños, personas mayores o claramente debilitadas, urgencias— y empezaste a pasar consulta. Hacía una noche muy calurosa y el único ventilador, que preferías orientar hacia los pacientes, no te resultaba de gran ayuda. Los casos que veías desfilar eran tanto una cuestión de medicina general como de reglas de higiene y de seguridad básicas: heridas por falta de protección en las obras, malnutrición infantil, dolores abdominales y presencia de sangre en la orina, a menudo sintomáticos de una esquistosomiasis, contraída por carecer de agua potable...

Todavía hoy piensas en aquella noche.

Acababas de rellenar el expediente médico de la última paciente y lo estabas archivando con meticulosidad en el armario. Apreciabas la relativa calma del momento. A través de las mallas de la mosquitera de la ventana abierta se filtraba por fin un aire más fresco. Por encima de los tejados de las casas vecinas, que la arena volvía monocromos, dominabas las luces de El Cairo, en las que posaste la mirada un instante. Parecía que bailaran una danza, ritmadas vagamente por el eco del tráfico a lo lejos. Desenchufaste el ventilador, cerraste la ventana, apagaste la luz y te dirigiste hacia la puerta. Estabas cerrándola con llave cuando un movimiento a tu espalda te sobresaltó. Te diste la vuelta enseguida y distinguiste una forma humana saliendo de entre las sombras. Por su escasa corpulencia, lo tomaste primero por una chica antes de darte cuenta de que se trataba de un hombre joven de apenas veinte años.

No decía nada, pero no te quitaba la mirada de encima. Al principio desconfiaste y te pusiste tenso. Si no hubiera estado tan oscuro, habrías visto sin embargo que en aquella mirada no había amenaza ni superioridad.

—¿Puedo ayudarte, hijo?

Él se mordió el labio.

—¿Eres tú el médico?

La voz grave y pausada contrastaba con el físico de adolescente. Moviste la cabeza en señal de asentimiento. La presión acababa de bajar. Dejaba paso al cansancio de una larga jornada que tocaba a su fin. Tras asegurarte de haber cerrado bien la puerta de la consulta, le indicaste que tu turno había terminado, pero que volverías la semana siguiente. Arrepintiéndote de la respuesta, te corregiste y le preguntaste en qué podías ayudarle.

—Es mi madre... Creo que deberías verla. No sale a la calle. Vivimos un poco más abajo.

En la mano derecha tenía unos billetes arrugados que te tendió. Nada en su actitud indicaba que te estuviera pidiendo un favor. Más bien parecía la propuesta de un chico acostumbrado a negociar. Aunque no rivalizara con los honorarios que cobrabas en la clínica de Dokki, la suma que te ofrecía superaba con creces lo que habrías podido esperarte de un habitante de Mokattam. Primero creíste que se trataba de dinero robado, como si se diera por hecho que un billete de banco en unas manos menesterosas solo pudiera tener un origen turbio. Era una estupidez. Sin duda se trataba del fruto de meses de privación. Esperaste que no te hubiera leído el pensamiento, le diste las gracias, le pediste que se guardara sus billetes y le indicaste el camino a tu coche.

«Un poco más abajo» era, en realidad, a cuatro o cinco kilómetros del dispensario, y el trayecto alternaba entre caminos sinuosos y carreteras al límite de lo practicable. Trataste de averiguar algo más sobre el estado de su madre, pero él se limitó, por toda respuesta, a decirte que no estaba loca.

—No, claro que no está loca —murmuraste a media voz.

En el fondo, ¿qué sabías tú? Esperabas que el futuro te diera la razón. Su rostro no ofrecía ninguna pista adicional, mostraba la expresión juvenil del que no quiere molestarse con cortesías superfluas. El resto del trayecto fue una sucesión de indicaciones concisas que seguiste con atención. No intentó amueblar el silencio más allá de lo necesario; sin duda tú hacías lo mismo a su edad.

—Aquí es —dijo al fin.

La casa parecía apartada de cualquier otra vivienda. Desigual, la fachada mostraba aquí y allá la forma de los ladrillos de barro cocido con los que estaba hecha. Había dos ventanas de madera de diferente tamaño con unos marcos robustos; seguro que provenían de edificios distintos. Una de ellas estaba tapiada y por lo visto su función principal era sujetar la cuerda de la ropa, que colgaba de un poste clavado en el suelo algo más allá. Unas prendas se secaban en ella, bailando torpemente en la noche bajo el efecto de un viento disneico. Del interior de la casa, os llegó una voz de mujer sorprendida por el ruido de las portezuelas de tu coche al cerrarse.

—Ali, ¿eres tú?

—Sí, mamá, traigo visita —respondió él mientras entraba por la puerta.

—¿A estas horas? Tenías que haberme avisado —le susurró con disimulo, levantándose del lecho en el que estaba tumbada.

Su voz era una mezcla de reproche e interrogación. Al descubrirte detrás de su hijo, se suavizó, se arregló el velo que le cubría el cabello y te estrechó la mano.

—¡Bienvenido a mi casa!

La casa en cuestión tenía dos plantas. La puerta de la entrada daba a una primera habitación ocupada casi por entero por una cama. Un segundo cuarto completaba la planta baja; Ali te condujo hasta allí sin darte tiempo a presentarte.

—Es un médico. Le he pedido que viniera a verte.

Sabía perfectamente la mirada reprobatoria que seguiría.

—No tenemos ni los medios ni la necesidad de ver a un médico —respondió ella con sequedad mirando a su hijo y acto seguido se suavizó al dirigirse hacia ti—. Además, este señor va demasiado bien vestido para trabajar tan tarde. ¿Quiere usted algo de beber, tal vez? Tengo un *karkadé* que viene de Asuán, es excelente.

—Un *karkadé* es perfecto.

Ali comprendió enseguida que su madre no tenía ninguna intención de dejarse auscultar y que tratar de convencerla sería en vano. Sin dejar que se notara el esfuerzo que le costaba, ella se dirigió hacia el hornillo, tomó una cacerola abollada que colgaba de la pared y puso agua a hervir. Había otros utensilios colgando de unos clavos fijados al azar en los ladrillos de tierra cocida que se adivinaban bajo la pintura descascarillada. Paseaste la mirada por los objetos heteróclitos amontonados al pie de las cuatro paredes. Formaban una colección de cosas dispares y sin valor que, más que a sus funciones originales, parecían destinadas a esconder la miseria del lugar. Dos o tres cubos apilados, un lavabo de cerámica del revés, palos de madera de distintos tamaños y, al pie de una escalera, unas pesadas piedras para calzar un poste que reforzaba la viga central y en el que presentías que era mejor no apoyarse. Aunque aquella precariedad no tenía nada de sorprendente, era la primera vez que eras testigo de manera tan íntima. La casa estaba construida directamente sobre la tierra, de tal forma que el suelo absorbió al instante las gotas de agua que los movimientos temblorosos de la mujer derramaron sin querer de la cacerola. Ali se levantó para tomar el recipiente de las manos de su madre, pero esta lo mandó sentarse de nuevo con una mirada que no permitía insistencia alguna.

Te preguntó si tenías hambre; no tenías hambre. Te preguntó si te apetecía un plato de habas; lo rechazaste con educación. Se excusó de no tener otra cosa que ofrecerte y, sin que pudieras protestar de nuevo, terminaste sentado a la mesa con un plato de *ful mudammas* del que emanaba una generosa humareda blanca. Hiciste como si no te dieras cuenta de que a su hijo le había servido menos que a ti. Y a sí misma, menos todavía. La pared estaba repleta de cuadros; ninguno parecía alineado con los demás. También había colgada una colección de cafeteras egipcias, un espejo justo encima del fogón y numerosos estantes, en uno de los cuales reposaba un radiocasete. La madre de Ali había puesto una cinta de Mohamed Mounir de fondo y se levantaba cada media hora para darle la vuelta y ponerla por la otra cara. Aprovechaba para lanzar una mirada furtiva a la carátula azul, en la que la ancha sonrisa del cantante no parecía dejarla indiferente. Se interrumpía cada vez que empezaba su canción preferida y se ponía a tocar las palmas cantando «*les fenêtres ! les fenêtres !*» en cuanto sonaba el estribillo. A veces se golpeaba la pierna contra la mesa y fingía que su torpeza le hacía gracia. Debía de rondar los cuarenta años, pero tenía el rostro surcado de arrugas y las manos de una mujer que sabía lo que era el trabajo duro. Te hablaba en un tono maternal que su edad no justificaba. A veces repetía algunas palabras que tú acababas de pronunciar, no porque las ignorara, sino más bien porque le importaba comprender el sentido que les dabas tú. Te escuchaba con verdadero interés; dejaste de cargar tus frases de banalidades inútiles. Liberado de las convenciones, empezaste a tomarte el tiempo de responder con toda la exactitud posible a sus preguntas. Solían transportarte a tu infancia, sin que fueras capaz de decir si era pura casualidad o si aquel tema le interesaba mucho. En varias ocasiones le indicaste que llevabais toda la velada hablando de ti y prácticamente no sabías nada de ella. Pero lo esquivó sonriendo:

—Es verdad que tengo delante a un médico, ¡lo normal sería que yo respondiera a sus preguntas! Mira, de hecho, no me has dicho por qué te hiciste médico.

Te encogiste de hombros como si nunca lo hubieras pensado, como si en realidad no hubiera sido una elección, como si te cogiera desprevenido. Aquello provocó en ella una risa escandalosa que enseguida se os contagió también. Empezó a decirte que no pasaba nada, puesto que ella tampoco sabía por qué razón te tenía allí, delante de ella, pero no consiguió terminar la frase de tanto como se reía. Entonces los tres soltasteis una carcajada. Tú le preguntaste a Ali si sabía qué quería ser en el futuro. A sus diecinueve años, no parecía haber pensado nunca que pudiera haber un futuro en el que dedicarse a algo distinto de lo que hacía entonces.

—Creo que a mí también me gustaría curar a la gente.

—¡Toma ya! Un médico que no sabe por qué lo es y otro que vendría de Mokattam. ¡Sí que estoy bien rodeada!

Empezó a reírse de nuevo, pero habrías jurado que aquella risa era ligeramente distinta, como si tratara de ocultar el ruido de algo que se rompía en su interior. Le dio varias veces la vuelta a la cinta de casete, que ya empezabas a saberte, y luego vio que la sorprendías camuflando un bostezo de cansancio...

—¿Ha terminado mi consulta, señor médico-que-no-sabe-por-qué? —preguntó fingiendo preocupación.

Te tendió la mano, la palma abierta hacia el cielo. Tú hiciste como si le tomaras el pulso.

—Su consulta ha terminado —respondiste con una sonrisa.

—Está bien, no queremos retrasarte y que tu mujer se preocupe.

La sorpresa te veló la mirada por un instante. Habías pasado las horas hablando de ti sin mencionar en absoluto la existencia de Mira. Con la uña del pulgar te tocaste por inercia el anular en el que llevabas la alianza. La mujer esbozó una sonrisa. Tú le indicaste que no se levantara y te dirigiste hacia la puerta.

Ali te acompañó hasta el coche. La noche era sorprendentemente templada para ser noviembre. De repente su voz se vistió de una gravedad que chocaba con la sonrisa que había mostrado a lo largo de la velada, mientras conversabas con su madre.

—Esta noche estaba bien... Quiero decir, no siempre está así.

—¿Tiene movimientos bruscos?

—Sí, eso y más cosas. A veces la mano se le mueve sola.

—A lo mejor no es nada...

Te sentiste mal por aquella mentira. Estaba claro que no era así, pero en ese momento te habría gustado creerlo. A lo mejor querías verlo sonreír por última vez antes de despedirte. Trataste de corregirte:

—... volveré la semana que viene, si quieres. Cuando termine en el dispensario.

—Gracias, doctor.

—Gracias a vosotros por la velada.

Desde fuera viste atenuarse la luz que se escapaba por las ventanas. Ali había vuelto con su madre. Dormiría frente a ella, en la habitación principal.

Arrancaste el coche y al cabo de un rato encontraste la carretera que llevaba a casa. En la mesa de la cocina te esperaba un plato de filete empanado con batata. Todo estaba frío ya. Lo cubriste con cuidado, lo guardaste en la nevera y subiste a ducharte. Por muy acostumbrado que estuvieses a los olores de Mokattam, a menudo, durante las consultas, pensabas en aquella ducha en la que se producía el paso entre tus dos mundos. Permaneciste largo rato inmóvil bajo el chorro de agua humeante, y luego cogiste una pastilla de jabón que te aplicaste con movimientos enérgicos, como si hubiera que sustraerle a tu cuerpo cualquier rastro de las últimas horas. Se oyó aquel chirrido característico de la grifería interrumpiendo el paso del agua. Saliste del cuarto de baño algo aturdido por el calor. Mira estaba tumbada en la cama medio deshecha. Mira-Medio-Dormida. Había dejado la luz de tu mesilla encendida. La besaste en el hombro sin despertarla, antes de subirle la sábana que se le había caído a un lado. Apagaste la lámpara y te tumbaste junto a ella.

10

El Cairo, 1983

Sin que pudieras explicarte por qué, no le hablaste a Mira de Ali y de su madre. Había renunciado a prepararte la cena los días en que trabajabas en el dispensario y se limitaba a comentar, entre divertida y resignada, que Mokattam era un nombre feísimo para una amante. Sabía por el mareante hedor a basura que te impregnaba la ropa que no te pasabas la tarde siéndole infiel. Cuidándose de formular el menor reproche, se limitaba a acompañar sus alusiones con una sonrisa desengañada.

Se había convertido en una costumbre: a cada jornada en la montaña seguía una visita a Ali y a su madre. «¡Ha llegado mi médico!», exclamaba ella con énfasis en cuanto te bajabas del coche, dejando que el aroma del plato que te había preparado fuera quien te recibiese. Aquella noche de enero, sin embargo, la casa no exhalaba el habitual olor a comida. Llamaste a la puerta y oíste la voz de Ali gritándote desde dentro:

—¡No entres!

—¿Ali? ¿Qué ocurre?

—¡Que no entres, te digo!

—¿Es tu madre? ¿Le pasa algo?

Se produjo un silencio. Llamaste una última vez y te decidiste a franquear la puerta. Lo que viste te dejó helado. No era la primera vez que presenciabas ese tipo de escena, pero nunca antes se había tratado de personas cercanas. Ali intentaba dominar a su madre, que parecía agotada por unas convulsiones violentas e incontrolables. Lanzaba gritos inarticulados y nada indicaba que hubiera reparado en tu presencia.

—¡Te dije que no entraras!

—Ali, ¿qué pasa?

—Tú eres el médico, ¿no? ¡Deberías saberlo!

Tenía la mirada oscurecida por una violencia que no le conocías. Te acercaste a su madre y la rodeaste con el brazo derecho para que no se hiciera daño, pues el cuerpo ya no parecía regírsele por ninguna voluntad humana. Con la mano izquierda, cogiste un cojín y se lo sujetaste contra la cabeza para evitar que se golpeara mientras indicabas a Ali por señas que apartara los muebles. Poco a poco se fue calmando hasta que pudo tumbarse. Se notaba que le faltaba el aliento. Le enjugaste alrededor de la boca y dejaste que se sumiera en un sueño profundo.

Permanecisteis en silencio durante mucho tiempo, como si hubiese que preservar a toda costa aquella calma ganada a pulso. Mirabais cómo se le elevaba el cuerpo con cada respiración, cautivados por aquel movimiento continuo parecido al oleaje que sigue a la tempestad. Fuiste el primero en hablar:

—Cuando le pase esto, no trates de inmovilizarla a la fuerza, es mejor…

—¡Por el amor de Dios!, ¿qué es lo que tiene? —te interrumpió con sequedad.

—Ali…

—Ya has visto que no está bien. Vienes mucho por aquí, ¡ya lo has visto! ¿Por qué no me dices nada?

No sabías cómo explicarlo. Buscaste una respuesta largo rato.

—Ali, no sé de qué sufre tu madre exactamente. Es decir… puede tratarse de varias cosas. ¿Sabes si ha habido más casos en tu familia?

Bajó los párpados en señal de asentimiento. Inspiraste hondo.

—¿Qué más? ¿La cabeza también? ¿Le cuesta pensar o pierde la memoria, por ejemplo?

Te miraba fijamente, igual que un condenado aguarda su sentencia. No sabías qué palabras emplear y al final dijiste:

—Es muy probable que sea incurable… Vamos, si es lo que yo pienso…

Permaneció impasible, con la mandíbula apretada. No estabas seguro de si lo había entendido bien. Lo había entendido. ¿Quería, quizá, que te quedaras un poco más por si se despertaba? No le parecía necesario.

Ninguna palabra volvió a turbar la noche. Solo el ruido de las patas de una silla al echarla para atrás, el de una puerta que se abre y que se cierra y el de un motor al ponerse en marcha, y la letanía de cláxones recitada por un El Cairo que nunca duerme. Como tú aquella noche.

§

Durante las semanas siguientes, no volviste a ser testigo de más crisis. Nunca mencionabais aquella noche de enero y, mucho tiempo después, llegarías incluso a preguntarte si la madre de Ali conservaría algún recuerdo consciente. Fingías no advertir los gestos y los tics involuntarios cada vez más frecuentes. A veces también olvidaba determinados detalles, pero recobraba enseguida el aplomo y se reía de sus propias fallas. «El tiempo no pasa en balde —decía siempre—, ¡si me hubieras conocido cuando tenía tu edad...!». Sin embargo, no te sacaba ni diez años.

Ali todavía estaba trabajando en la ciudad cuando llegaste a su casa aquella noche. Caíste en la cuenta de que ignorabas por completo a qué se dedicaba. Seguramente a vender objetos recuperados entre los desechos que se reciclaban en Mokattam. Su madre salió a recibirte comentando jovial que su médico llegaba antes esa noche.

—Me viene muy bien, quería hablar contigo. ¡Pasa!

Puso agua a hervir para tu *karkadé* y se sentó a tu lado.

—Oye, yo no soy médico como tú, no he estudiado ninguna carrera, pero sé muy bien lo que tengo. A ver..., no sé cómo se llama, pero mi padre y una de sus hermanas pasaron por lo mismo y pronto no habrá nada que hacer. No sabría decirte cuánto tiempo falta, a lo mejor unos meses, unos años quizá; en cualquier caso, no mucho. No me da miedo, ¿sabes? La muerte no me da miedo. Ni siquiera las mujeres de allá arriba, en la montaña, que me llaman loca porque ya no controlo los movimientos y no soy capaz de acarrear agua sin echármela encima. Me traen sin cuidado. Si a Ali no le afectara tanto, te juro que ni siquiera me molestaría en contestarles. Todos estamos en este mundo para morir un día u otro, y para hacer tal vez unas cuantas cosas bonitas antes. *Maktub,* está escrito. Pero, ¿ves?, ese es el problema. Vaya, no lo digo por mí, yo ya he hecho lo que tenía que hacer. No sé si es mucho, digamos que he hecho lo que he podido. Y sobre todo he hecho a Ali. Porque, ¿entiendes?, de él es de quien se trata. Es un buen chico, los demás no siempre lo ven, pero es un buen chico. Es honrado, ya lo vas conociendo. Te admira mucho, le habría gustado ser médico como tú. ¡Que Alá lo perdone! Uno no se hace médico cuando nace entre la basura de Mokattam... No, no me interrumpas... —Pareció buscar las palabras antes de continuar con una voz un poco más grave—: Sé que es ridículo y que nunca llegará a ser médico, pero he pensado que igual podría ayudarte; podrías enseñarle cosas. Pones inyecciones, ¿no? Pues podría aprender a poner inyecciones... No sé, ese tipo de cosas. Espera, déjame terminar... Ya sé que haces mucho por nosotros y ni siquiera sé por qué lo haces, salvo porque eres puro de corazón, benditos sean tus padres, pero te lo pido como un favor. No quiero que le pagues, Tarek, lo que aprenda será una gran riqueza, estoy segura. Necesita emplear la cabeza en algo, es importante. ¿Entiendes lo que quiero decir? Pronto se le llenará de todas esas cosas difíciles que se verá obligado a hacer por su madre.

Habló de un tirón, sin bajar la mirada. En sus ojos, veías el orgullo herido de quien no acostumbra a pedir ayuda. La conocías desde hacía varios meses. Sin embargo, era la primera vez que se dirigía a ti con tanta seriedad. Su angustia era sincera, y el favor que te pedía, muy poca cosa. Aceptaste que Ali te ayudara en el dispensario de Mokattam. Su madre te abrazó con la misma fuerza que habías descubierto en ella durante su crisis. Atrapado en aquel abrazo, no podías verle la cara, pero habrías jurado que lloraba.

—Prométeme que cuidarás de él cuando me vaya.

Lo prometiste.

§

Estabais sentados a la mesa frente a un plato humeante de *taro* hervido rehogado con tomates y cilantro, hablando del presidente Mubarak, que a ella le parecía menos guapo que Nasser. («¡Ninguno es tan guapo como Nasser!», zanjó, convencida.) Mirabais distraídos un pequeño televisor que difundía a trompicones las imágenes rescatadas de una mala transmisión. Cada vez que aparecía un joven en la pantalla, no perdías ocasión de preguntarle si era más guapo que Nasser, pero ella se mantenía en sus trece. Esa noche, Ali llegó a casa más tarde de lo habitual; es probable que le hubiera pedido que os dejara a solas un rato. Os sorprendió riendo al empujar la gran puerta. Cuando entró, le soltaste a su madre, divertido:

—¿Y él, señora, es más guapo que Nasser?

Fingió tomarse la pregunta en serio y examinó detenidamente a su hijo, como si acabara de descubrir la delicadeza del trazo de sus cejas o los contornos bien definidos de la boca granate, y luego adoptó un tono solemne:

—¡Puede que él sea la única excepción!

—¿Más guapo que Nasser cuando era un joven oficial? —insististe.

—Mi hijo es más guapo de lo que nunca fue Nasser, ¡que Alá lo tenga en su gloria, desde su primer plato de habas hasta su último suspiro! ¿Te atreves a decir lo contrario? —preguntó con una mano en alto, haciéndose la ofendida.

La pregunta te pilló desprevenido. Te giraste a mirarlo y él imitó la pose afectada de los actores en los carteles de cine. Bajo su apariencia desenfadada, había efectivamente una gracia en sus facciones que la adolescencia se negaba a abandonar.

—Tu hijo es muy guapo —contestaste.

—Es normal: cuando hago algo, lo hago bien. Por cierto, ¿vas a tomar postre?

Simulaba indiferencia ante tu cumplido, pero tenía el rostro surcado por demasiadas arrugas precoces para que una emoción se posara en él sin delatarse. En ese preciso momento, era orgullo lo que se leía entre las líneas de su frente. Hacía varios minutos que un olor a leche hervida y canela había invadido la estancia. Abrió la puerta del horno y extrajo una fuente que puso sobre la mesa con un ademán teatral.

—¡Mi especialidad!

Soltaste una carcajada al descubrir que se trataba de *umm ali*, ese postre llamado literalmente «la madre de Ali». Aquellos momentos tenían la placidez del último leño que se echa al fuego, cuando cada cual se maravilla del calor que este desprende mientras aparta de la mente el instante en que se apagará. Terminaste proponiéndole a Ali que te ayudara la próxima vez que pasaras consulta en el dispensario de Mokattam.

—Si no sé hacer nada —protestó él.

—Ya aprenderás. Querías saber cómo se cura a la gente, ¿no? Pues por algo hay que empezar.

Su madre se hizo de nuevas. Se volvió hacia ti y, sin tener en cuenta la opinión de su hijo, aceptó en su nombre:

—De acuerdo, Tarek, pero ni un céntimo, ¿vale? Tú le enseñas, él te ayuda y todo el mundo en paz: no hace falta que le pagues… —Luego, dirigiéndose a su hijo, le exhortó—: Y tú, ¡no te quedes ahí parado, dale las gracias!

11

Ali te ayudaba cuando estabas de servicio en Mokattam y luego lo llevabas a su casa, donde pasabais el resto de la velada con su madre. Él llegaba al dispensario media hora antes que tú para identificar los casos prioritarios en la cola que se formaba. A estos los conducíais a la sala de espera, donde podían aguardar su turno sentados. Ali aprendía rápido. Era de mano presta y casi nunca tenías que enseñarle un gesto más de una vez para que lo repitiera correctamente. Tomaba el pulso, el peso, la temperatura. Quería hacerlo bien. Jamás se mostraba incómodo ante un olor o a la vista de una herida. Tú te sorprendías utilizando los mismos consejos y explicaciones que tu padre cuando este te enseñaba la profesión. A veces te oías reproduciendo incluso su entonación, como si, a través de ti, se negara a dejar de existir.

Al cabo de varios meses, la idea de que trabajara contigo en la consulta de Dokki cayó por su propio peso. Al igual que tú habías perfeccionado tu aprendizaje secundando a tu padre, no cabía duda de que era una oportunidad para que Ali descubriera la profesión en buenas condiciones. Podría llevarse a cabo una vez por semana, el día antes de tu servicio en Mokattam. No recordabas haber visto sonreír tanto a Ali como cuando se lo propusiste.

—¿Con clientes de verdad?

—Se dice «pacientes», Ali. Y los de Mokattam también son pacientes *de verdad,* ¿sabes? ¡Cuando veo todo lo que esperan, me digo que son más «pacientes» que nadie!

—No, ya sabes a lo que me refiero; pacientes que pagan, vamos.

Tenía la mirada de un joven harto de que alguien que ha comprendido perfectamente el fondo le corrija la forma. Te sentiste un poco mal por haber alterado su sonrisa sin necesidad.

—¿Y qué importancia tiene que paguen?

—Pues que, si pagan, es que pueden elegir. Y si te eligen, es que eres bueno... Y si me estás pidiendo que te acompañe, es que piensas que yo también soy lo bastante bueno.

Pareció dudar antes de pronunciar la última frase. Como si temiera hacer el ridículo, haber sobrestimado tu propuesta. Lo había dicho con una voz poco segura que era rara en él, fingiendo que la mirada se le quedaba rezagada en algún detalle del suelo. Volviste a verte en la consulta de tu padre, buscando en sus gestos anodinos el cumplido que no salía de su boca. Pues claro que era bueno, ¿cómo podía dudarlo? Te habría gustado decírselo, pero no sabías cómo. Cambiaste de tema.

—Por supuesto, si te quitas un día de trabajo para venir a la consulta, preveré un salario para ti.

Todavía no sabías a qué se dedicaba, pero habías deducido que, sin duda, con aquel ritmo cambiante, no tenía un jefe que le impusiera un horario estricto.

—Pero, Tarek, habíamos acordado...

Sabiendo lo que estaba a punto de decir, lo interrumpiste:

—Lo que convenimos con tu madre valía para Mokattam. Si trabajas en la consulta, ni hablar de que lo hagas sin una compensación económica. Y además, si te pago, Ali, es que eres bueno, ¿no?

12

El Cairo, 1983

Nunca lo habías visto así. Camisa almidonada, gemelos y pelo domado por la brillantina; te costó reconocer al joven de Mokattam. Más todavía que la ropa, lo que te sorprendió fue su desenvoltura.

—Si una chica te ha citado en la Ópera del Jedive, se ha quedado contigo: ¡todavía no la han reconstruido!

Respondió con una sonrisa magníficamente inmune a tu sarcasmo.

—¿Te gusta? —preguntó.

—Digamos que es un poco...

—¿Un poco qué?

—Un poco... demasiado. Te vas a pasar el día con una bata blanca, ¿lo sabes?

Pronunciaste esas palabras con cuidado, como temiendo que se sintiera ridículo. No habías contestado a su pregunta; no volvió a hacerla.

§

El día tocaba a su fin. La recepcionista había acabado su turno y solo quedabais vosotros dos en la clínica. Estabas rellenando unos documentos administrativos mientras Ali guardaba el instrumental en la habitación contigua. Reconociste al hombre que acababa de abrir la puerta sin llamar.

—¡Omar *bey*! ¿Qué te trae por aquí?

—Buenas tardes, *ya doctur*, me alegro de encontrarte, temía que te hubieras ido.

Lo que acababa de irrumpir con estruendo en tu consulta no era un hombre, sino décadas de excesos, arrebatos y tabaco. Un viejo amigo de la familia que había hecho fortuna con el negocio del algodón, donde era tan temido como respetado. Conocías desde niño el carraspeo que le hacía las veces de voz, un sonido áspero y velado en el que cada sílaba pronunciada parecía debatirse, sepultada bajo escombros guturales que nada era capaz de retirar. Los efectos de la edad le acentuaban la más mínima expresión de la cara; cuando adoptó un gesto grave, recordaste el miedo que te inspiraba cuando eras pequeño.

—Tarek, me gustaría hablar contigo de un asunto importante, pero debe quedar entre nosotros, ¿entendido?

Respondiste bajando los ojos respetuosamente. Continuó:

—Sabes lo mucho que quiero a Dahlya, que Dios bendiga nuestros treinta y dos años de matrimonio…

—¿Le ha pasado algo? —Te preocupaste enseguida.

Desechó la pregunta con la expresión ceñuda de un hombre al que no se interrumpe y prosiguió:

—Bueno, treinta y dos años que la complazco sin que haya nada de lo que quejarse. Gracias a Dios, la inteligencia y la vitalidad de nuestros tres hijos son prueba de ello. Es verdad que han heredado su dichoso carácter, ¡pero se nota que no fueron concebidos durante un concierto de *kanun*!

Aunque no entendías adónde quería llegar, procuraste no volver a cortarle la palabra.

—Ahora bien —retomó, bajando la voz—, resulta que desde hace algún tiempo... no viene.

—¿No viene?

—Sí, no viene.

Parecía molesto de que no lo entendieras y te lo imaginaste perdiendo la paciencia con algún obrero que no interpretaba bien sus órdenes durante la inspección de una de sus fábricas de algodón.

—¡No viene, estamos los dos ahí, en la cama, y no viene!

—¿Te refieres a que ella no quiere?

—¡No, claro que quiere! Si supieras... palabra de honor, es muy golosa, ¡y no hablo solo de delicias turcas! Estoy dispuesto a presentársela al primero que afirme que ese apetito disminuye con la edad. No, soy yo, Tarek, es a mí a quien no le viene...

—¿No tienes erecciones?

—Vaya, eso de ponerle palabras horrorosas a todo es cosa de médicos. Sí, llámalo así si quieres... Bueno, ¿qué te parece? ¿Es grave?

Estabas a punto de contestarle cuando Ali entró a decirte que había terminado. Se lo agradeciste de lejos, y él dio unos pasos hacia vosotros para ofreceros una taza de té antes de irse. El rostro del anciano empezó a ponerse pálido. Unas sílabas ininteligibles acompañaron el nervioso ademán con que declinó el ofrecimiento.

—Es muy amable por tu parte, Ali, pero no deberías interrumpirnos. Vete a casa. Nos vemos mañana por la tarde en el dispensario.

El chillido estridente de una silla al ser arrastrada por el suelo sofocó el final de tu frase. Omar se había levantado y estaba recogiendo sus cosas en un ostensible estado de agitación.

—¿Quieres que te diga la verdad, Tarek? Había venido a verte para que me aconsejaras, como hacía tu padre antes que tú, pero ¡ha sido un error! Un error, ¿me oyes? ¡Él nunca habría aceptado algo así!

Te quedaste perplejo ante tanta furia. Intentaste hacerlo entrar en razón, sin embargo, fue inútil. Respondió a tus disculpas con un portazo. Sorprendentemente, a Ali no parecía afectarle la tormenta que acababa de desatar.

—No entiendo qué mosca le ha picado... Lo llamaré mañana, cuando se haya serenado. Me estaba hablando de un tema delicado para él. Deberías haber sido más discreto, ¿sabes?

—¡Oh, no te preocupes, es evidente que no le pasa nada! —contestó a su vez irritado.

—¿Qué quieres decir?

—No tiene ningún problema y se ha dado cuenta, por eso se ha enfadado, ¡nada más!

Aunque en realidad no había hecho nada reprensible, te sorprendía la ligereza con la que Ali se tomaba la situación. No parecía darse cuenta de las consecuencias que aquello podía acarrear a tu reputación. No obstante, antepusiste la pedagogía a la exasperación:

—Ali, ser médico consiste ante todo en saber escuchar a la gente. A veces los síntomas físicos de un paciente revelan males más profundos, no hay que sacar conclusiones precipitadas...

—Sé lo que digo, nos conocemos.

—¿Os conocéis? —preguntaste, incrédulo ante la idea de que un millonario del sector textil se relacionara con un muchacho de Mokattam.

—Sí, lo conozco, me conoce, nos conocemos. Es un cliente.

—¿Un cliente?

—Sí. Bueno, digamos que la última vez que nos vimos no sufría de lo que te estaba contando. No soy un médico brillante como tú, pero creo que el remedio que necesita no se encuentra en los estantes de una farmacia.

Te quedaste mirándolo, incapaz de pronunciar palabra. Aunque tratabas de convencerte de que era una broma, su cara no dejaba lugar a dudas. Sonreía satisfecho por el efecto que producía su revelación.

—¿Me estás diciendo que tú... y él...?

Fingió una mueca de indignación.

—¿Crees que eres el único que ejerce un oficio donde la gente se deja tocar?

No pudiste contener la risa por más tiempo. ¡La imagen de aquel magnate del algodón, temido en todo el país, sorprendido por su amante cuando mencionaba sus problemas de impotencia era más sabrosa que todos los *nokats* egipcios que jamás te hubieran contado!

13

Por la prisa con la que recogía el material, te diste cuenta de que Ali cada vez estaba más impaciente por volver a su casa cuando terminaba su turno. La verdad es que tú también estabas preocupado y no hacía falta hablar con él para saber la causa.

Pronto renunciaste a pedirle a su madre que no cocinara para vosotros: no valía la pena. Ella se obstinaba en recibirte como era debido y evaluaba el éxito de una velada por el número de veces que aceptabas servirte de nuevo. «En Said es así», repetía invariablemente al tiempo que se excluía de su propia regla cuando tú le tendías la bandeja. Entonces se llevaba la mano derecha a la garganta para darte a entender que le costaba tragar y tú no insistías. Usaba estratagemas para ocultar el progreso de la enfermedad, pero el alcance se adivinaba en el velo, que ya no lograba anudarse sola, o en las esquirlas mal barridas de un plato caído al suelo. Había dejado de salir, privando de sus ruindades a las malas lenguas de Mokattam, que achacaban su paso tambaleante y su hablar arrastrado a la ebriedad. Ali se enfadaba cuando llegabais a su casa tras cerrar el dispensario y ella tenía algún plato al fuego que debía de haberle exigido horas de preparación.

—*Yammay*, pero ¿qué nos has cocinado ahora? ¡Me prometiste que ibas a descansar!

—No digas tonterías... El día en que me oigas prometer una estupidez así, ¡podrás empezar a preocuparte por mí! —mascullaba ella en voz muy baja, fingiendo que solo hablaba consigo misma.

Tenía menos fluidez y a veces le costaba mucho encontrar las palabras, pero no había perdido un ápice de su locuacidad. Acto seguido le estampaba un beso en la frente a Ali. Este ponía la misma cara de exasperación que un adolescente abochornado por las demostraciones públicas de afecto maternal, y luego se dejaba hacer de buena gana.

—Lo único que estoy dispuesta a prometerte es que siempre te querré —continuaba ella, clavando los ojos en los de su hijo—. Mira, de hecho, ya verás cómo las mujeres siempre cumplen sus promesas, por eso no dan su palabra en vano. No como vosotros, los hombres. ¡Vosotros estaríais dispuestos a decir lo que fuera por salir del paso! En fin, salvo él, tal vez, si acaso. Él sí que tiene pinta de ser un hombre de palabra. —Te señaló con el mentón antes de interrumpirse—: Venga, venga, a la mesa, que esto se va a enfriar.

Por mucho que pronunciara esas palabras como si estuviera bromeando, tanto ella como tú sabíais a qué promesa se refería: al compromiso que habías asumido de cuidar de su hijo si ella faltaba. Te preguntabas de dónde había sacado las fuerzas aquel cuerpo enflaquecido para asaros pichones rellenos de trigo verde. Puede que a veces le fallara la memoria, pero nunca se olvidaba de las recetas del Alto Egipto. Os había preparado una comida de fiesta, una fiesta falsamente alegre de esas que uno presiente que no se repetirán. Casi no tocaba su parte, con la excusa de que siempre comía demasiado mientras cocinaba. Su cuerpo ya no era el de una mujer que comiera demasiado.

§

Perdía peso y a veces la memoria. Una mañana, al despertarse, se quedó perpleja al descubrir a un joven en la habitación. Él le preguntó si todo iba bien. Ella permaneció estupefacta, más sorprendida que preocupada, porque aquella presencia extraña no tenía nada de amenazadora. Él se acercó a ella, le acarició la espalda y empezó a preguntarle si lo reconocía. No necesitó terminar la pregunta para que ella comprendiera el sentido. Le contestó negando con la cabeza. No, no lo reconocía. Percibiendo en los ojos de su joven interlocutor el dolor que su respuesta acababa de provocar, la piedad se apoderó de ella e instintivamente lo tomó en sus brazos, un poco como una madre abrazaría a su hijo para consolarlo.

14

Quince, tal vez veinte. No erais muchos más los que acompañabais el cuerpo inerte de la madre de Ali en su último paseo. El sol desecaba la tierra con implacable indiferencia. «No hay más dios que Dios, y Mahoma es su profeta». El polvo de los pasos formaba una nube densa que se adhería a las pieles húmedas. «No hay más dios que Dios...». Ali era uno de los cuatro portadores del ataúd. No conocías a los otros tres. Unas gotas de sudor le perlaban la cara bien afeitada y le corrían por el cuello siguiendo la yugular. No mostraba ninguna emoción, pero, con cada deglución, te parecía que la tristeza le oprimía la garganta. O quizá solo fuese la arena. A lo lejos se oía El Cairo con su fragor impenitente. Aquí el silencio, allí el ruido. Allí la vida, aquí el después. Frente al ajetreo de millones de individuos, ¿qué peso tiene el recogimiento de veinte personas? Veinte, tal vez quince.

Según la creencia, el alma de la difunta se queda entre los hombres cuarenta días. Sin embargo, hacía varios meses que parecía haberse disociado de aquel cuerpo consumido prematuramente. Ali portaba lo que quedaba del envoltorio carnal de la mujer que lo había llevado en su seno; el esfuerzo le hinchaba las venas de la frente. No habíais intercambiado ni una sola palabra durante la ceremonia. En varias ocasiones habías intentado cruzar su mirada, a la que nada retenía. Resbalaba por las cosas como el sudor por sus sienes. Cuando todo hubo terminado, te ofreciste a acompañarlo a casa. El sol ya declinaba. Aceptó con un movimiento de cabeza. El sonido amortiguado de vuestros pasos, que evitaban levantar el polvo para nada, os siguió hasta el coche. Al abrir la portezuela, se escapó un olor a cuero recalentado. Ali guardaba silencio. Giraste la llave en el contacto. Un carraspeo del motor acompañó a la cinta de casete, que retomó su melodía por donde se había detenido. Aquel ruido repentino te sobresaltó; quitaste el sonido. Ali no reaccionó. Con la frente apoyada en la ventanilla, te ofrecía la vista de su espalda húmeda. La camisa se le pegaba a los prominentes omóplatos. Te habría gustado traspasar su mutismo, adivinar las palabras que podrían haberlo consolado. En algunos momentos te parecía que dormía, con el cuerpo abandonado a los baches de una carretera accidentada, y en otros que lloraba, ahogando los sollozos por pudor. Te enfurecían aquellas bocinas absurdas que no te dejaban escuchar su silencio. El dial marcaba las siete y doce de la tarde en cifras compuestas por unos palos verdes fluorescentes de ángulos dudosos. A medida que ascendíais por Mokattam, distinguías a lo lejos las compactas filas de automóviles que se derramaban afanosamente por las arterias de El Cairo. A la derecha, las luces rojas; a la izquierda, las blancas. De niño, tu padre te contaba que los coches ocupaban uno u otro carril en función del color de sus luces, y a ti te fascinaba aquella norma de tráfico que producía unos efectos nocturnos tan hermosos. Por no decir que no conocías otra que los automovilistas cairotas respetaran tanto. ¿Qué edad tenías cuando comprendiste al fin que los faros de todos los vehículos eran blancos por delante y rojos por detrás y que la luz que distinguías correspondía al sentido de cada carril según desde dónde mirases? ¿Por qué retiene la mente esa clase de detalles?

Ya estabais cerca de la casa de Ali. Aparcaste delante, en ese espacio que la oscuridad te habría ocultado si no lo hubieras conocido. Como no reaccionaba cuando apagaste el motor, retiraste la mano derecha de la palanca de cambio, que había dejado de vibrar, y se la pusiste en el hombro. Acercaste la boca a su oído para murmurarle que habíais llegado. Se volvió; tenía los ojos muy abiertos. No te apartaste. Primero un aliento. Luego un calor suave. Sus labios se posaron en los tuyos. A menos que fuera al revés. Después de todo, ¿cómo iba a saberlo?

15

Un sistema simple y ordenado puede resultar por completo impredecible. Simple en el sentido de que se rige por pocas variables. Ordenado, porque las acciones a las que está sometido son estrictamente conocidas y están exentas de azar. Y, a pesar de eso, imposible de predecir. En física, esta paradoja se denomina «caos determinista».

Tu vida estaba constituida por círculos concéntricos que se llamaban casa, comunidad y país. Simple. La casa esperaba de ti que dirigieras tu familia y garantizaras su perpetuación. La comunidad te concedía el estatus de tu padre a cambio de la ilusión de seguir teniendo un porvenir. El país, con su obsesiva búsqueda de estabilidad, pedía que todo el mundo exaltara la moral y la tradición. Ordenado. Y de ahí, sin embargo, salió el caos.

A primera vista, el funcionamiento de tu existencia no había cambiado: los engranajes proseguían su imperturbable rotación, emitiendo el tic-tac familiar que adormecía la vigilancia de los tuyos. Pero la mecánica de este sistema bien engrasado, simple y ordenado se había puesto a producir caos. Aunque no eras del todo consciente de ello, al menos lo intuías. El instinto te decía que había que acallar las dudas que se cebaban con tu persona y el trastorno que las había originado. Eras ese niño que aprovecha una distracción para abrir una caja de cerillas. En ese preciso momento no imagina el incendio que van a provocar, solo presiente la posibilidad remota.

Ali había ocupado su sitio en el sistema. Tú fingías no ver que era un intruso dentro de tu casa, en el umbral de una familia en la que solo se entra por nacimiento o por matrimonio; que para aquella comunidad con la que no compartía ni la religión ni la situación social no dejaría de ser un impostor; que su existencia libertina se percibía como una amenaza para las buenas costumbres del país.

El resultado era un desequilibrio entre vosotros cuya realidad subestimabas. Tal vez incluso te gustara. ¿No te resultaba gratificante ese marco que la sociedad os había impuesto? Tú transmitías a Ali lo que te habían enseñado de la medicina. Tú eras el que sabía, el que tenía y el que daba. Tú ponías tus conocimientos al alcance de ese otro que no habría podido aspirar nunca a ellos. Él te necesitaba más que tú a él. Era una obviedad que no hacía falta subrayar. De hecho, te esforzabas para que no sintiera esa asimetría cuando estabais uno en presencia del otro. A diferencia de tu madre siempre que «hacía el bien» (fórmula elíptica que tenía la ventaja de dejar que su interlocutor imaginara el alcance de su generosidad), tú no buscabas con ello ninguna clase de gloria. Al contrario, había que guardar las apariencias, el sistema tenía que parecer inalterado. Simple y ordenado.

Pero, con un gesto, el caos. Ese beso de la víspera. Lo veías como la muestra de afecto de un muchacho confundido por la muerte de su madre, un torpe intento de demostrarte su apego, de expresar su necesidad de consuelo. ¿O sería más que eso?

No sabías gran cosa sobre la homosexualidad. Para unos se trataba de un motivo de burla; para otros, de una perversión llegada de Occidente; rara vez de un tema de conversación. Es cierto que un paciente había acudido a ti en busca de consejo hacía unos años sin que le resultaras de gran ayuda. Te limitaste a asegurarle que no lo denunciarías. Por lo demás, aquel tema estaba tan ausente de tu vida social como del Código penal egipcio. Por supuesto que había gente a la que encarcelaban por libertinaje, pero te habría sido difícil nombrar a alguien de tu entorno que fuera homosexual. Sin duda, no había ninguno. Te preguntaste si el viejo Omar entraba en esta categoría y enseguida se te escapó la risa. ¡Impensable, vamos, estaba casado! Que hubiera acabado en la cama con un prostituto se debía seguramente a un principio de senilidad.

Aun así, esta imagen te generó una especie de malestar. Imaginar a Omar con Ali. El cuerpo ajado del primero pagándose el vigor del segundo. ¿Qué tarifa podía justificar que impusiera su decrepitud a un jovencito como Ali?

Ali te fascinaba. Había en él una libertad absoluta, una ausencia de cálculo, una exaltación del presente. No estaba atado a ningún pasado y no concebía el futuro sometido a las mismas imposiciones que tú. Se contentaba con vivir, y tú te sorprendías a veces esperando que vivir fuera contagioso. Tratabas de representarte mentalmente al muchacho que habías sido con su edad, pero las imágenes que te venían carecían de esplendor. Hacías repaso de las decisiones a través de las cuales te habías construido y un pensamiento obsesivo comenzaba a asaltarte: el de haber sido metódicamente excluido de cada una de ellas. Por tus padres, por condicionamiento social, por formas de pensar prestablecidas, por sentido del deber, por atavismo, por costumbre, por cobardía, como si siempre hubiera existido una buena razón para no decidirse. ¿Sería que, de manera inconsciente, habías creído aliviarte del peso de cada decisión al esquivarla? ¿Y cuál era el resultado? ¿Conservabas, aunque fuera, un soplo de esa infinita ligereza con la que parecían llenarse los pulmones de Ali cada vez que respiraba?

¿Era posible que le gustaras?

La víspera, en tu coche, al sentir sus labios en los tuyos, te había sorprendido su suavidad. A lo mejor te habría reconfortado sentir una repulsión instintiva, pero nada de eso había ocurrido. Te gustó su sabor ligeramente salado. Se te aceleró el ritmo cardiaco. Volvías a ser aquel adolescente que descubría el alcohol incitado por un compañero de clase mucho más temerario.

Recordaste el primer beso que te diste con Mira. Ese que esperaste en vano cuando salías de la adolescencia. Ese que por fin obtuviste bajo el porche de su casa, catorce años después. No era la primera chica a la que besabas y, sin embargo, cuando vuestras bocas se acercaron, sentiste que un escalofrío te recorría el cuerpo. El deseo, la incertidumbre, la fragancia del perfume que llevaba detrás de las orejas, el sabor de su pintalabios. Como ella no se zafó de tu abrazo, ganaste confianza: «Cada vez que te acompaño a casa me pregunto cuántos años tardaré en volver a verte, así que...». Contra tus labios, los suyos se tensaron en una sonrisa divertida.

Con ella, había sido cuestión de seducción. Con él, de sorpresa. Te arrepentiste de la asociación de ideas con la que acababas de comparar aquellos dos besos. Qué estupidez. Mira era la mujer de tu vida, con la que ibas a envejecer después de traer al mundo a unos hijos que se os parecerían. Había sabido ganarse tu corazón y el respeto de tu madre; vuestra pareja era ahora una evidencia a ojos de los demás. Mira-Llena-de-Gracia. Te sentiste culpable por haber puesto en el mismo plano aquel desliz. Esa noche, irías a comprarle flores antes de subir a vuestro apartamento.

16

Pensaste que no iría a trabajar al día siguiente, pero se presentó puntual y diligente, sin que su actitud dejara traslucir la menor emoción. Costaba creer que hubiera enterrado a su madre la víspera. Y que os habíais besado. Aguardabas con aprensión una muestra de complicidad o de apuro, una mirada, una alusión por su parte a lo que había ocurrido. En vano. Al final de la jornada, decidiste abordar el tema:

—Oye, respecto a lo de ayer...

—Sí, quería hablar contigo de eso. Ahora que mi madre ha muerto, no hace falta que me tengas en la clínica.

—¿Por qué dices eso?

—Las promesas se hacen a los vivos, no a los muertos. Tú has cumplido la tuya. Si quieres que me vaya, por mí no te preocupes.

—Anda ya, no, claro que no... Además, no me refería a eso, sino a cuando nos...

—¿Besamos?

—Sí, eso es. Nos besamos.

—¿Y?

—Pues que actúas como si no hubiera pasado nada, no me gustaría que pensaras que...

—No pienso nada. No suelo reconocer a los hombres a los que he besado el día anterior.

No percibiste agresividad en su voz. A lo sumo, un deje desafiante. Pronunció esas palabras con un tono sereno y pausado mientras recogía sus cosas, sin apresurar sus movimientos. Se despidió de ti con la misma sonrisa indiferente de siempre.

§

Nunca te perfumabas antes de ir a Mokattam. Para no incomodar a los pacientes y, sobre todo, porque esa coquetería resultaba bastante inútil allí adonde ibas. Esa noche te sorprendiste liberando la colonia de su frasco mediante un par de presiones furtivas. El día después de vuestra conversación te pareció interminable. No te quitabas de la cabeza las últimas palabras que habías cruzado con Ali. Tú no querías convertirte en uno de aquellos hombres de los que hablaba con desapego. Volviste a pensar en eso por la carretera.

En la montaña todo el mundo sabía que Ali acababa de perder a su madre. Sin embargo, muchos ni siquiera se tomaban la molestia de manifestar algo de tristeza por una mujer a la que siempre habían despreciado abiertamente. Los demás le daban el pésame, a veces con la esperanza de avanzar unos pocos metros en la fila, que él tenía a su cargo. Ali respondía con un educado movimiento de cabeza que desbarataba sus artimañas.

A tu llegada, algunos pacientes, descontentos con el lugar que se les había asignado, se acercaron a ti para hacer un último intento. Como de costumbre, les respondiste que te atenías al criterio de tu ayudante. Regresaron a la cola rezongando débilmente mientras tú saludabas a Ali y entrabas en el dispensario. Cuando anocheciera del todo y lisiados y enfermos hubieran recibido los cuidados básicos que habías ido a prodigarles, te ofrecerías a acompañarlo a casa como solíais hacer. ¿Aceptaría ahora que ya no tenías la excusa de visitar a su madre? Aparcarías el coche en el mismo sitio que hacía dos días. ¿Y luego qué?

Se asombró con falso candor de que te hubieras perfumado. Te sentiste un poco ridículo, farfullaste una excusa para justificar aquellos artificios inusuales. Se apeó del coche sin prisa, con un hoyuelo socarrón en la mejilla. Te sentiste culpable por fantasear con él pese a que estaba de luto. Pensaste en su madre, a la que habías jurado que cuidarías de su hijo cuando muriera. ¿Qué quedaba de tus promesas? Ayer, Ali había afirmado que solo comprometían a los vivos. Miraste por la ventanilla: se estaba encendiendo un cigarrillo apoyado en el coche.

No me corresponde a mí contar lo que pasó aquella noche. Nunca seré de los que lo juzguen, pero tampoco quiero imaginarlo. Eso es cosa vuestra. Punto. Me limito a suponer cuál fue tu obsesión durante los días que siguieron.

El agua se infiltra insidiosamente en el ladrillo de adobe. Uno observa fascinado la primera gota, que, en cuestión de segundos, tiñe la materia a medida que esta la va absorbiendo. Todo un charco va a seguir el mismo camino por capilaridad. El material se empapa tanto de agua que empieza a dar muestras de fragilidad. ¿Cuánto tiempo transcurre antes de que todo el edificio peligre? No intentaste verbalizar el efecto que Ali te producía. ¿De qué sirve describir la atormentada esperanza en la que te sumía la visión de su nuca, el repentino escalofrío que te provocaba su calor, el tormento interno que precedía a cada una de sus palabras, la incertidumbre respecto al mañana, el desasosiego ante la idea de que todo acabara de repente?

17

Ajo. Dientes de ajo finamente picados. Con la manicura recién hecha, la repetición de un movimiento seco y enérgico de las manos hasta acabar con todo. Ajo y cebolla. No tanto por el gusto como por el olor. Ajo y cebolla a fuego lento. Se había puesto un delantal para no ensuciarse la blusa blanca que le habías regalado. Un fuego suave, un fuego paciente. Tenía que olerse, propagarse por cada planta de la casa. Se vio un arañazo en una de las uñas y le disgustó. Trocitos de ajo y cebolla arrojados a las llamas, soltando agua hasta convertirse en una versión reducida de ellos mismos. Marchita, reseca.

Desde tu consulta, olías los efluvios de la comida que Mira estaba preparando. Cuando te oyó subir, tuvo el reflejo de esconder la uña con la pintura arañada. La avisaste de que no te esperara para cenar. Le ofreciste una explicación que te parecía aceptable: acababas de enterarte de que era el cumpleaños de Ali y te sentías en la obligación de no dejarlo solo en un momento así, habiendo perdido a su madre hacía unas semanas... A ella le sobraban tus justificaciones. Podrías haber dicho sin más que te ausentabas, sin ningún pretexto, sin parecer culpable, sin mencionar aquel nombre. No habría tenido que darte permiso y se habría ahorrado tu sonrisa al obtenerlo. Habría sido preferible para ella, mas no dejó que se le notara. Estabas a punto de volver abajo cuando te diste la vuelta, avergonzado:

—Oye, por cierto... ¿te gustaría venir?

—Pasadlo bien.

Mira-Lacónica. No te miró al pronunciar la respuesta que esperabas para tus adentros. No te habías fijado en la uña con la manicura estropeada. Ni en las demás. Bajaste a toda prisa los peldaños de la escalera, marcando con los talones tu excitación egoísta. Ella dudó entre volvérsela a pintar o darles a todas con acetona.

Con un gesto de la cabeza le indicaste a Ali que podíais marcharos. Tardaste en decidir en qué restaurante celebrar el acontecimiento; te veías con Mira en cada uno de ellos cada vez que te venían a la mente. Terminaste escogiendo una barcaza en la que servían marisco. Ali no te había hecho preguntas sobre el lugar adonde lo llevabas, se dejaba guiar sin querer arruinar la sorpresa que le estaba destinada. Tú te notabas cada vez más impaciente a medida que os acercabais. Él sonreía con dulzura por el hecho de que intentaras impresionarlo. Sonreía de verte sonreír. Sonreía y eso era lo único que importaba. Aparcaste el coche antes de llegar al muelle. Cenar en el Nilo, ¡te imaginaste su cara cuando alcanzarais la orilla! Debía de ser tan diferente a todo lo que conocía... Una palmera añadía sombra a la oscuridad de la noche. Te entraron ganas de cogerle la mano, pero no te atreviste. Te conformaste con darle una palmada furtiva en el muslo para indicarle que ya habíais llegado. Al bajarse del coche, exclamó desenvuelto:

—Excelente elección, aquí ponen un bogavante delicioso.

Optó por una mesa junto a la ventana. Al pedirle que eligiera el vino te invadió una repentina aprensión a que aquello lo incomodara porque no supiera nada del tema o porque simplemente no tomara alcohol, pero se prestó al juego encantado, escogiendo y luego degustando un *riesling* que maridaba de maravilla con lo que habíais pedido. Aprovechando que el mantel casi llegaba al suelo, trataste de rozarle la pierna con la tuya. Él esperó a que el camarero se alejara para señalártelo con la cabeza.

—¿Ves a ese camarero? Hace como si no me conociera, aunque hayamos crecido juntos. En fin, quiero decir, al lado, en Mokattam. Se puede crecer al lado de la gente sin «crecer juntos» en realidad. Tenemos la misma edad, pero nunca se le habría ocurrido prestarme el balón. Su madre era de las que se burlaban de la mía porque su casa tenía una planta más que la nuestra... Hoy me sirve el bogavante. Sabe que no lo voy a pagar yo. Me desprecia. Y a lo mejor también me envidia. Cada vez que vengo aquí, me acompaña un hombre distinto. Seguramente sea el orgullo de su familia, con su disfraz de empleado de los barrios ricos planchado cada mañana. Tal vez ni siquiera pueda permitirse enviarlo a una de esas tintorerías en las que te lo planchan unos niños por unas piastras, presionando la plancha con el pie. Es el orgullo de su familia y sin embargo me sirve el bogavante con mil excusas cuando en la cocina tardan un poco más de la cuenta en preparármelo. Cuando se disculpa no me mira nunca, porque sabe que no lo voy a pagar yo. Así que, cada vez que llega el postre, espero a que se acerque para que se me caiga la servilleta y hago como que no la encuentro. No tiene más remedio que agacharse a recogérmela y mirarme cuando me la da. En ese momento me desprecia más todavía, y los únicos que sabemos lo que pasa por la cabeza del otro somos él y yo. Regresa a casa por la noche con mi mirada incrustada en el cerebro, y quitársela le cuesta aún más que quitarle a su camisa blanca las manchas de mantequilla de ajo. Vas a dejarle una buena propina, Tarek. Una buena propina para que acepte olvidarse de nuestra presencia aquí esta noche, de ti y de mí. Y, de ahora en adelante, vas a tener cuidado. Porque El Cairo no es más que un pueblo grande, y no siempre basta con una buena propina.

Lo dijo sin interrumpirse ni mostrar emoción alguna. Separaste la pierna de la suya a medida que hablaba. Percibiste una mezcla de frialdad y de cinismo en la manera de pronunciar esas palabras que no le pegaba en absoluto; al menos no a la imagen que te formabas de él. Tu alegría se diluyó cuando descubriste que conocía el lugar y acabó sucumbiendo al jarro de agua fría de sus últimas frases, que parecían un reproche y una advertencia al mismo tiempo. Una advertencia cuyo tenor no comprendiste muy bien. Pero lo que más te molestaba era que te comparase con aquellos otros hombres que lo invitaban allí. Te sentó muy mal que te hubiera rebajado a su nivel. Retomó como si te leyera el pensamiento:

—No deberías juzgarlos.

Estabais en silencio cuando el camarero trajo los platos. Al empezar a presentároslos, lo despachaste con un gesto ausente de la cabeza. Tras varios minutos comiendo sin apetito, terminaste por hacerle a Ali la pregunta que te corroía desde hacía tiempo:

—¿No te resulta difícil?

—¿Qué quieres decir? ¿Te refieres a tener que vender mi cuerpo? ¿A acostarme con hombres que no elijo yo? ¿Con viejos, con brutos? ¿A someterme a sus fantasías? No, no pasa nada, eso no es difícil. ¿Y a ti? ¿No te resulta difícil examinar a incontinentes y tocar heridas llenas de pus? ¿Quieres que te diga algo? Lo difícil es esperar toda una noche y volver a casa sin haber encontrado cliente...

Se estaba terminando el bogavante, que se le había enfriado; tú casi no habías tocado el tuyo. Estabas tan absorto en tus pensamientos que no te diste cuenta de que Ali le había pedido al camarero que trajera la cuenta. La servilleta acababa de escurrírsele del regazo. Dejaste una buena propina.

Sabiéndose el causante de tu aspecto preocupado, te sonrió en el momento de dejar la barcaza.

—Gracias, Tarek, ha sido una muy buena elección el restau...

Apenas había terminado la frase cuando una idea genial se le pasó por la cabeza. A unos metros de vosotros se había detenido un autobús...

—No debes de cogerlos muy a menudo, ¿a que no? Venga, ¡ven!

Salió corriendo hacia el vehículo, cuya puerta acababa de cerrarse otra vez; metió el pie derecho en la ranura de la manilla y, utilizándola de apoyo, se impulsó hacia el techo. De rodillas sobre el portaequipaje, te hizo señas para que te unieras a él.

—¡Vamos, sube!

—Pero estás...

El autobús se había puesto en marcha y no conseguías encontrar asidero para el pie. Ali tiraba de ti con dificultad, divertido ante tu desconcierto. Lograste tumbarte en el techo junto a él, bocabajo y con las manos pegadas al metal del portaequipaje. Se reía como nunca antes lo habías visto.

—Menuda cara has puesto, doctor...

—¡Podríamos habernos matado!

—También podríamos no habernos conocido nunca.

El concierto de bocinas cubría vuestras palabras. Cada bache de las calles mal asfaltadas se te quedaba marcado en las costillas. Te aferrabas con los dedos a la barra metálica como si fuera una línea de seguridad. Posó su mano en la tuya. El corazón te seguía latiendo como queriendo salírsete del pecho. Todo te parecía amplificado de repente: el rugido incesante de la ciudad, la iluminación cruda de las farolas, el olor de los gases de escape que ascendía de los coches... Atrapado en el tráfico nocturno, el autobús aminoró la marcha. Ali pronunció unas palabras que no conseguiste distinguir y luego se incorporó en el techo del vehículo. Desplegaba las rodillas poco a poco cuando de repente viste que perdía el equilibrio. Gritaste su nombre. Se enderezó de nuevo sin dificultad y adoptó el aire fanfarrón del niño que acaba de gastar una broma de mal gusto:

—Te ha asustado, ¿verdad?

—...

—¿Te has asustado por mí?

Esperaste a que se bajaran los últimos pasajeros para saltar al suelo. Ali te había precedido, despegándose con un ágil movimiento de los brazos de la pared de la carrocería. Con las piernas temblorosas estuviste a punto de dejar inconsciente de un golpe al conductor, que se apeaba a su vez del vehículo. Tu aspecto aturdido le sorprendió más que la presencia de pasajeros clandestinos, a fin de cuentas, corriente. Antes de que le diera tiempo a lanzarte una mirada de desaprobación, le introdujiste unos billetes en la mano y te alejaste cojeando ligeramente. No tenías la menor idea de lo que costaba un billete de autobús.

No sabías en qué barrio de El Cairo os encontrabais. Cuando llegaste a su altura, Ali te pasó la mano por la espalda con cariño. Tal muestra de afecto podía pasar por simple camaradería. Irónicamente, os habría valido miradas reprobatorias si hubierais sido hombre y mujer. En su sonrisa ya no había rastro de burla; tú le ofreciste la tuya a cambio. Retiró la mano de tu hombro, donde la había posado, para sacarse del bolsillo una cajetilla de tabaco. Se llevó un cigarrillo a los labios y volvió a meter la mano en el mismo paquete, donde había una cajita de cerillas disimulada en los pliegues del papel de plata. Se detuvo, atrapó una con el pulgar y el índice y la hizo restallar contra el raspador de la caja. Con la mano protegía del viento la llama tímida que había prendido y que le obedecía a medida que chupaba un cigarrillo que se encendió en dos caladas. Observaste sus mejillas hundidas por la maniobra y las venas marcadas de su mano, teñidas por el resplandor anaranjado del fuego. Sacó otro cigarrillo del paquete sin tomarse la molestia de ofrecértelo, repitió la operación —esta vez encendiendo el segundo con el extremo incandescente del primero— y terminó tendiéndotelo con un gesto silencioso mientras una emanación blanca le salía por la nariz. Lo cogiste, aunque nunca hubieras fumado. El filtro conservaba el recuerdo todavía húmedo de sus labios. Tosiste discretamente con la primera inhalación.

Uno no se aventura por una callejuela tan mal iluminada sin saber adónde va. Adaptaste tu paso al suyo, en absoluto apremiado por el frescor hibernal. Apenas lo utilizaba de pretexto para calentarte la espalda con un movimiento enérgico de la mano. Tú disfrutabas demasiado del trayecto para preocuparte por el destino. Comprendiste que era inminente cuando se detuvo para darle una última calada al cigarrillo antes de aplastar la colilla contra el suelo.

Empujó la puerta de un local sin señalización de ningún tipo y el ruido de las conversaciones chocando con el metal de las sillas contrastó brutalmente con la calma del exterior. Detrás de la barra, un hombre gesticuló de manera exagerada para imitar un saludo que el bullicio del interior volvía inaudible y se acercó a Ali, propinándole una calurosa palmada en la espalda. Había más efusión en su recibimiento de la que el alcohol podría haber justificado por sí solo.

—¿A quién nos traes esta vez?

—A un amigo —respondió Ali con una sonrisa lacónica.

—¡*Efendi*...! —exclamó el hombre, inclinando la cabeza con un gesto teatral después de mirarte de arriba abajo.

Con el pelo revuelto y todo lo que el techo de un autobús cairota puede acumular pegado en la camisa, no acertabas a comprender qué justificaba aquellas consideraciones, pero recibiste el saludo con una sonrisa. La sala era un largo pasillo salpicado de mesas dispuestas de cualquier forma. Ali se eclipsó unos instantes, abriéndose paso con el hombro a través de una nube de humo que te impedía ver el fondo de la estancia. Por primera vez en la velada, pensaste un segundo en Mira, en la comida que te había preparado en vano, en el hecho de que se hacía tarde y en que no tenías idea del lugar en el que estabas ni del modo de volver al coche. Una taza de café llena de una bebida que no habías pedido te sacó de tus pensamientos; depositaron una segunda en su lado de la mesa. No sabías si había que pagar al instante; te dieron a entender que no había ninguna prisa. No había ninguna prisa... Ali volvió, se había peinado un poco. Te preguntó si te gustaba el sitio trazando con el índice un movimiento circular. Te gustaba. Sonrió. Tomaste un primer trago. Al pasar la mirada por la sala, viste a dos hombres besándose en la boca. Si la idea de un beso en un sitio público en Egipto era ya difícil de concebir, ¡jamás habrías imaginado que dos hombres pudieran dárselo! Te costaba reconciliar aquella visión con la imagen de tus labios encontrándose por primera vez con los de Ali en el coche, unas semanas antes. Leyéndote el pensamiento, acercó su rostro al tuyo. Su boca estaba humedecida por el mismo alcohol; tu cerebro, abotargado por la misma embriaguez. Pensaste brevemente en el número de noches en comisaría que podría costarte una batida de la policía y luego ya solo pensaste en él. Las tazas se sucedieron, no recuerdas cuántas bebisteis, ni siquiera estás seguro de haberlas pagado. El corazón se te embaló, inyectando una fiebre nueva a cada uno de tus miembros; un calor ligeramente anestesiante los entumecía desde la raíz hasta la extremidad. Achacaste aquel estado al alcohol, pero lo que en realidad te provocaba aquel efecto era imaginarte los minutos que seguirían. Le desabrochaste la camisa y metiste la mano por ella.

En ese momento ya nada importaba: ni el temor a que te reconocieran ni la pelea que con toda certeza estallaría cuando terminaras por volver a casa. Borracho, sucio, tarde. Feliz. Demasiado para darte cuenta de que no quedaba nada de la comida que Mira había preparado, ni en la nevera ni en la basura. Demasiado para fijarte en la presencia de aquella botella de lejía que ya no saldría de vuestro baño.

18

Se corrió la voz de que tenías a un muchacho de mala vida de auxiliar en la consulta. A la gente le encanta hablar de «mala vida», que en el fondo es una manera implícita de decir que la suya es intachable. Resulta muy socorrido limpiar el alma propia con los vicios ajenos. No habrías sabido decir qué derroteros había tomado el rumor, pero el origen estaba claro: llevaba la impronta de Omar. Él, que había reconocido a Ali en tu consulta unas semanas antes, conocía bien esta regla elemental: el que no caza se convierte en presa. De modo que había sido el primero en disparar. Y si alguien le preguntaba de dónde había sacado la información, no dudaría en alegar que un contacto suyo en la policía había reconocido al joven delincuente. Después de todo, era normal que un hombre de su categoría fuera depositario de las confidencias de quienes mantienen el orden en esta ciudad. En cuanto a la idea de que él mismo hubiera recurrido a los servicios del prostituto al que denunciaba, parecía demasiado grotesca para que nadie la formulara.

En un primer momento, tu actividad no se vio afectada. Los pacientes habituales se mostraron indiferentes a los rumores, e incluso llegaron unos cuantos nuevos por motivos de salud y, a veces, de curiosidad, de modo que la consulta estaba siempre llena. No duraría mucho.

Algunos amigos intentaron prevenirte de que la presencia de Ali empezaba a suscitar habladurías, pero sin abordar la razón de forma directa. ¿De verdad era ese el lugar de un *zabalin*? ¿No podías permitirte contratar a un ayudante con formación médica? Tú argumentabas de forma racional, desechando los motivos falsos que te aducían sin dar pie a que aflorara nunca la verdadera razón. Y eso que, a través de Ali, era a ti a quien mancillaban. Un médico recién casado que permite que lo ayude un joven prostituto, ¿cómo no imaginar que todo ello escondía una doble vida? Lo irónico es que, en ese aspecto, el rumor no hacía más que preceder a la realidad.

Respondiste con la misma ceguera a las primeras señales concretas de peligro. Tal paciente retiraba el brazo de golpe cuando Ali lo tocaba, tal otro se informaba sobre su horario de trabajo al pedir cita... Hasta el día en que uno le soltó, bravucón, rehuyendo su mirada: «Tu madre debe de estar orgullosa de ti. ¡Mírate, ya casi eres médico!». Ali montó en cólera. Viste cómo arrojaba el instrumental con gran estruendo y se remangaba la bata, con la mirada sombría de quien se enzarza en una trifulca callejera. Tuviste que interponerte entre ellos para evitar que se pegaran. Cuando Ali te anunció al final del día que no deseaba seguir trabajando en tu consulta, estallaste a tu vez. ¿Cómo pretendía llegar a algo en la vida si perdía los estribos con el primer idiota de turno? ¿De veras iba a echar a perder su futuro por culpa de un comentario fuera de lugar? No te diste cuenta de que era el tuyo el que trataba de proteger.

19

Como dictaba la costumbre, Fatheya reservaba las cuestiones domésticas para tu mujer. De modo que te sorprendió que eligiera un momento en el que Mira no estaba en casa para abordar el tema:

—La despensa está casi vacía.

—¿Necesitas dinero para la compra?

—Va a ser la tercera de la semana...

—Si las dos primeras no han sido suficiente, haz una tercera.

—No duran nada. Hace dos días las alacenas estaban llenas y...

—¿Qué quieres que te diga? ¡No nos falta dinero, si es lo que te preocupa! Toma...

Comenzaste a sacarte la billetera del bolsillo. Fatheya te indicó con un gesto que no era eso lo que esperaba. Improvisó:

—No quiero que me vayan a acusar de llevarme la comida.

—Pero nadie te está acusando, mujer.

—Me preocupaba que...

—¡Eres la única preocupada!

Ella hizo una pausa y respondió secamente:

—A lo mejor es ese el problema.

*

Hacía algún tiempo que se multiplicaban las cancelaciones de última hora, de forma que ese día tu jornada se terminó antes de lo previsto. Subiste al piso y, creyéndote solo, te serviste un *whisky*. Mientras te lo echabas en el vaso, percibiste un ruido proveniente del cuarto de baño. Aguzaste el oído para confirmar tu presentimiento: en efecto, se trataba de vómitos.

—Mira, ¿estás bien?

El ruido se detuvo. La llamaste de nuevo por su nombre.

—Sí, estoy bien —terminó por responder—. La nata debía de estar mala, ya se me pasará.

—¿Estás segura? ¿Quieres que entre?

—Te digo que estoy bien. Gracias por preguntar...

No insististe. Sus tres últimas palabras habían sonado como un reproche con una pizca de ironía.

Permaneció encerrada largo rato y luego se dio una ducha, antes de decidirse a salir. Al abrir la puerta, del interior se escapó una vaharada, mezcla de lejía y de champú. Asintió distraídamente con la cabeza cuando le preguntaste si se sentía mejor y no volvió a hablar hasta el día siguiente. Rompió el silencio en el momento en que te disponías a bajar a la consulta. Necesitaba descansar. Lejos de El Cairo. Esas fueron sus palabras. A partir de entonces, estas regresarían a intervalos regulares. Mira-Metrónomo.

La primera vez se marchó dos semanas al mar Rojo sin que trataras de retenerla o de comprender lo que quería decir con «descansar». ¿Esperaba que le propusieras acompañarla? La pregunta se te cruzó por la mente antes de renunciar a responderla. Luego empezó a variar los destinos, olvidaba precisártelos, solo te anunciaba que estaba a punto de marcharse otra vez o bien te lo daba a entender: la maleta bien a la vista en medio del dormitorio significaba que por la noche, cuando llegaras a casa, ya no estaría allí. Nada de reproches, nada de agresividad.

Tu mente se negaba a admitirlo, sin embargo las razones que la incitaban a irse estaban claras. Los reiterados incidentes en la consulta habían terminado difundiéndose en el seno de la comunidad levantina y era imposible que Mira ignorara su existencia. Pero ¿sospecharía tu relación con Ali? Lo que no se nombra no existe, y a ninguno de los dos os interesaba que aquella situación existiera. Os aislabais en un silencio prudente que ella no rompía salvo con leves alusiones. No sabías si de verdad eran intencionadas o fruto de tu imaginación. Ya no frecuentaba el Sporting Club, donde antaño se alargaban sus tardes; había dejado de llevarte a rastras a aquellas salidas mundanas que nunca te gustaron; ya no recibía en casa. Por separado, las pistas son insignificantes. Tú no trataste de asociarlas.

A través de sus postales y de sus llamadas telefónicas la descubrías de retiro en el Sinaí o descansando en Marsa Matruh. Podían transcurrir varios días sin tener noticias suyas, pero ella se aseguraba de mantener el vínculo. Y, sobre todo, nunca volvía sin avisar. Esta precaución tácita os convenía tanto al uno como a la otra.

Contra todo pronóstico, sus desplazamientos tenían el efecto de uniros. Si bien las despedidas iban casi siempre precedidas por momentos de tensión, los reencuentros eran indefectiblemente felices. Ella esperaba a sentirse bien para regresar y tú siempre terminabas echándola de menos. Habíais tomado la costumbre de celebrar cada una de sus reapariciones. Era una especie de ritual, jugabais a ser dos amantes que se reencontraban, y tú tratabas de sorprenderla cada vez. El resplandor de las velas para una cena que le habías preparado, la efervescencia de El Cairo nocturno que redescubríais juntos... Tú nunca lo dejabas a la improvisación, y ella nunca pretextaba el cansancio del viaje. La magia duraba esa noche, a veces los días siguientes, y luego volvía a imponerse la rutina, el comienzo de un nuevo ciclo de varias semanas al final del cual ella terminaba evaporándose. A veces te acordabas de aquel día de junio de 1967, cuando acababais de conoceros, en el que había desaparecido sin dar señales de vida. ¿Podía ser que, una vez más, tardara casi quince años en regresar? ¿O que simplemente no volviera? Ella te decía que necesitaba esos viajes para reencontrarse consigo misma. Tú comprendías que sobre todo necesitaba esos regresos para reencontraros.

§

Hacía dos días que se había vuelto a marchar. Ali te acompañaba en la clínica como de costumbre. Habías esperado a que se fuera el último paciente para invitarlo a pasar la noche en tu casa. Habías elegido las palabras y el momento que creíste más adecuados para que la propuesta pareciera anodina. Cuando formulaste la pregunta, te sorprendiste de tu propia voz, modulada por una frecuencia ligeramente más aguda de lo habitual. Él hizo como si no se diera cuenta de nada. Aceptó. Aquel acuerdo tácito se renovaría a diario. De día, sus manos como una prolongación de las tuyas sobre el cuerpo de los pacientes. De noche, su cuerpo como una prolongación del tuyo bajo tus manos impacientes. Allí, al despertar. Allí, aún, al acostarse. Ya no le preguntabas si quería que lo llevaras a casa al final de vuestro servicio del miércoles. Ninguno de los dos se fijó en aquel olvido.

Una noche que subiste antes que él al piso, viste que Ali llegaba de la clínica con cara de preocupación.

—Acabo de responder al teléfono, un hombre quería hablar contigo...

—¿Una urgencia?

—No, no. Alguien que quería comprarte el dispensario de Mokattam.

—¿Comprarme el dispensario? Le habrás dicho que no está a la venta, espero.

—No ha dejado el nombre, solo un número de teléfono.

—Un bromista, sin duda. Son cosas que pasan, no hace falta que pongas esa cara.

Tu sonrisa no pareció tranquilizarlo.

—Me ha dicho que no me preocupe —retomó—, que podría seguir trabajando allí si renunciaba al pecado... La verdad es que ya desde el principio no me fiaba, cuando me soltó lo de «que la paz sea contigo»...

La sombra que le velaba la expresión se extendió a tu rostro. Tus compatriotas no acostumbraban a expresarse así por teléfono, parecía más bien un saludo saudí.

Lo cierto es que los egipcios que habían vuelto de Arabia Saudí al final de la era de Sadat eran legión. Habían servido de mano de obra barata en aquella región que la crisis del petróleo había transformado en El Dorado, atraídos por unos salarios más altos y la promesa de una vivienda pagada. Ahora que regresaban al país, magnetoscopio bajo el brazo y la barba más larga que al marcharse, muchos de ellos trataban de importar a su tierra natal el rigorismo religioso de la sociedad que los había acogido. Algunos conservaban las costumbres del salafismo wahabí, que era la norma allí; otros se adherían más bien al islamismo político de los Hermanos Musulmanes, cuya red de obras sociales no dejaba de prosperar sobre las ruinas del liberalismo económico. Ante el desmoronamiento de un sistema hospitalario incapaz de proporcionar material y medicinas suficientes, habían puesto en marcha servicios de salud paralelos con tarifas asequibles. Sin duda, lo que querían ahora era convertir tu dispensario en una clínica islámica. En el barrio cristiano donde estaba situado, se trataba más de una provocación que de una acción caritativa. Seguro que Ali había llegado a la misma conclusión que tú.

«Si renuncias al pecado...», aquella condición sonaba como una amenaza. ¿Qué significaba? ¿Cómo se la había tomado? Contemplaste a Ali largo rato. Estaba allí y, sin embargo, parecía ausente. No decía nada: el semblante serio, la mirada intranquila. Tu inquietud desapareció al momento; solo importaba la suya. No te gustaba ver cómo se le endurecían las facciones. Era lo único que te preocupaba.

§

La prudencia de los primeros tiempos languidecía al igual que un licor fuerte acaba con cualquier inhibición. Le prohibiste a Fatheya limpiar en vuestra planta mientras Mira estuviese fuera y esa fue, sin duda, tu última precaución. Por lo demás, ya no os molestabais en evitar la puerta que daba a la ventana de tu madre, en esperar a que se apagaran las luces, en medir el alcance de vuestra voz o el grosor de las cortinas que ocultaban vuestros abrazos. Nesrine tenía la costumbre de pasar a verte a la hora en la que organizabas los expedientes médicos. Cuando llamó la primera noche, hicisteis como si no estuvierais y os quedasteis en silencio hasta que regresó a su apartamento en la planta superior, riendo como dos adolescentes una vez pasado el peligro. Los días siguientes no volvió.

Mira te había dejado un número de teléfono. A veces la llamabas, más por evaluar la inminencia de su regreso que por tener noticias suyas. Respondías a sus preguntas con banalidades perfectamente accesorias a la existencia que llevabas en su ausencia. Concluíais vuestra llamada afirmando que os echabais de menos. Para ella se trataba de una pregunta; para ti, de una coartada.

Sin que te dieras cuenta, la tristeza te había reemplazado a su lado, una melancolía que no era propia de ella y que no la abandonaría nunca. Al principio, Mira se preguntaba si tendría que hacerle un hueco a su nueva compañera o si esta última también terminaría cansándose de ella. Al cabo de varias semanas, comprendió que aquel sentimiento difuso la acompañaría en adelante, allá donde estuviera. Bastaría una presión inopinada de una palma contra otra para devolverla a su recuerdo. Mirastenia.

20

Los cables que salían de tu televisor cubrían el suelo en una confusa maraña. A Ali se le enredaron en los pies de camino a la cama. Siempre tan seguro e indiferente ante cualquier circunstancia, soltó una palabrota pese a haber recuperado el equilibrio, y a ti te pareció entrañable que unos cables de nada hubieran sido capaces de herirlo en su orgullo. Preferiste anticiparte al reproche que veías venir:

—A ver cuándo me pongo a desentrelazar este lío.

—¿Desentre... qué?

—Desenredar, si prefieres.

—No es que prefiera, es que es más sencillo. No hace falta que estés todo el rato restregándome las palabras complicadas que te sabes...

Su reacción era demasiado exagerada para exigir una respuesta; le pasaste la mano por el pelo e intentaste desviar su atención.

—Entrelazar es bonito... Mira, a ti que te gustan las cosas complicadas, ¿sabías que se pueden entrelazar fotones?

Puso los ojos en blanco, como si fuera necesario señalar que los conocimientos de un muchacho de Mokattam no incluyen nociones de física cuántica. No reparaste en ello.

—Son unas partículas diminutas... —seguiste—. Al parecer, cuando dos de ellas interactúan en algún momento de su existencia, quedan unidas para siempre. De modo que, cuando manipulas la primera, en la segunda se producen inmediatamente las mismas modificaciones. Como si una supiera exactamente lo que vive la otra en tiempo real, sin necesidad de recibir la más mínima señal por su parte, ¡incluso a miles de kilómetros de distancia! ¿Comprendes? Quedan unidas para siempre. Entrelazadas. Aunque no puedan comunicarse. A lo mejor tú y yo somos como dos fotones entrelazados.

—Pero ¿qué me estás contando?

—Pues que si un día tuviéramos que separarnos, a lo mejor seguimos sintiendo lo mismo al mismo tiempo.

¿De verdad sabemos qué origina las tormentas? Ali estalló con una violencia que le tensó los músculos.

—Déjate de gilipolleces, Tarek, pero ¿qué coño dices? Que follemos no significa que me puedas salir con ese tipo de cosas. ¿Qué? ¿Por qué me miras así? ¿No puedo decir «follemos»?, ¿es eso? ¿Qué debería decir entonces? ¿Que «hacemos el amor»? ¡Eso tampoco quiere decir nada! A mí mis clientes me pagan por follarme. O para que me los folle, no para hacer el amor. ¡Si tuviera que esperar a que me digan que hemos «hecho el amor» para que me soltaran la pasta, te aseguro que no veía ni un céntimo!

Una respiración irregular le levantaba el pecho. Seguías aquel movimiento con los ojos, aguardando la calma a la par que evitabas que vuestras miradas se cruzasen.

—¿Me quieres? —probaste.

—No lo sé. No tiene sentido. A ver... podría contestarte que sí y creérmelo de verdad. Y puede que tú contestaras igual. Pero no significaría necesariamente lo mismo, aunque utilicemos la misma palabra. ¿Qué? ¿Porque hayamos sudado juntos en esta cama somos como tus partículas? ¡Para nada! El día que estemos separados, no veo yo por qué tendríamos que sentir lo mismo. Tú seguirás siendo un gran médico sin problemas de pasta y yo apañándomelas como pueda.

—¿Y qué tiene que ver el dinero?

—Todo tiene que ver con el dinero, Tarek, ¡todo! Cada vez que alguien abre la boca, está hablando de dinero. ¡Si no lo entiendes, está claro que es porque nunca te ha faltado! El mundo no es como a ti te gustaría. ¿Qué te crees? ¿Que basta con que me ponga una bata de hospital para ser enfermero? ¿Que se van a acabar los rumores porque les digas a tus amigotes que tengo talento? ¿Que tu mujer no se da cuenta de nada? ¡Abre los ojos, joder!

El rictus que acompañó esa última frase terminó disipando los últimos vestigios de su juventud. Salió de la habitación y recogió sus cosas. Intentaste retenerlo balbuceando unas palabras. Su mandíbula apretada no dejó escapar ninguna respuesta.

§

Llevabas mucho tiempo sin cenar con tu hermana y tu madre. Durante los primeros viajes de Mira, habías adquirido la costumbre de subir a su planta a última hora de la tarde para cenar con ellas. El ambiente del segundo te divertía. Hablabais de banalidades cenando el plato que Fatheya acababa de preparar mientras escuchabais cintas de música procedentes de Francia.

—¿Qué nos vas a poner hoy? ¿Otro cantante francés de Egipto?

—Buena idea, voy a poner a Demis Roussos, que hace mucho que no lo pongo.

—¿También es egipcio?

—Sí, griego de Alejandría, como Moustaki.

—De todas formas, todos los cantantes franceses son egipcios.

—Es verdad: Richard Anthony, Guy Béart, Claude François...

—¡Dalida!

—En Francia son muy selectos, *ya habibi*. Saben reconocer el talento venga de donde venga.

Entre plato y plato, tu madre trataba de sonsacarte información sobre las enfermedades de tus pacientes, en su mayoría, viejos conocidos suyos. Amparándote en el secreto profesional, te divertías dejándola en ascuas con su curiosidad. Acababa conformándose con contaros su última partida de cartas, a falta de algo mejor.

Vuestra última cena juntos había sido sin embargo tumultuosa. No habías sabido qué responder a Nesrine cuando te preguntó dónde estaba Mira. La pregunta no iba con segundas, pero tu madre aprovechó para cubrirte de sermones moralizadores. ¿Qué van a decir de un marido que deja que su mujer viaje sola y ni siquiera sabe adónde va? Tú le habías aconsejado que se metiera en sus asuntos y habías bajado a tu apartamento sin acabar el plato siquiera. Cuando Ali empezó a vivir en tu casa de tapadillo, aquella disputa fue un regalo del cielo: ya no tenías que justificar tu ausencia a la hora de la cena. Ahora que se había ido, decidiste dar muestras de buena voluntad y te presentaste en su piso por sorpresa con un ramo de rosas. Nada más cruzar la puerta, descubriste a tu madre y a Omar sentados a la mesa del salón. Él se despidió de ella nada más verte y se fue sin dirigirte una mirada.

—¿Qué hacía ese aquí?

—¿A mí me vas a pedir que rinda cuentas sobre mis amistades?

Te miraba severamente, con desprecio. Desconcertado, le tendiste las flores como si se tratara del motivo de tu visita y te marchaste acto seguido.

21

Al principio, Dios creó el cielo y la tierra. De ahí se puede deducir que antes del principio no había nada. Nada más que Dios. Casi nada, pues. Para matar su divino aburrimiento, que se remontaba a mucho antes que el principio, Dios creó al hombre a su imagen y semejanza. La idea le vino, por lo visto, al cabo de varios días de fulgor creativo. Demiurgo dadivoso, le ordenó que controlara a los peces, pájaros, ganado y, más o menos, todo lo demás, algo que no daba lugar a ninguna preocupación particular en la medida en la que cabía esperarse que el hombre (a imagen y semejanza de Dios, pues) fuera un buen gestor. Dios acababa de reemplazar la nada que lo rodeaba por algo y no había tardado ni una semana en encontrar el modo de delegar su administración. Cediendo a un breve arrebato de autosatisfacción, Dios concluyó que aquello era bueno. Por su parte, el humano le cogía un indudable gusto a aquel mandato y, por miedo, tal vez, a que lo pusieran en entredicho, se esforzó en volverlo incuestionable. Así es como el hombre, a su vez, creó a Dios. A su imagen y semejanza.

Si en esta cosmogonía de devocionario la tarea fundamental de cada ser humano consiste en controlar lo que le rodea, no queda más remedio que admitir que a algunos se les da estupendamente. Mediante la creación de un imperio financiero, como Omar y su próspero comercio de algodón, o bien, por ejemplo, mediante la habilidad y el estatus social, que tu madre manejaba tan bien. Ambos perseguían su propio objetivo: dinero, poder, influencia, sexo… ¿Y tú? ¿A qué aspirabas tú? ¿Acaso lo sabías? ¿Por qué te parecía tan sencillo de identificar en tus semejantes y no habrías sido capaz de determinarlo en tu caso?

No habías vuelto a ver a Ali desde vuestra pelea. Por primera vez, no se había presentado en la clínica ni tampoco en el dispensario. No quisiste ir a su casa. Por orgullo, sin duda. Por miedo, también. Miedo a que no quisiera abrirte. Miedo a que no estuviera allí. Miedo a sentir que los celos se apoderaban de ti ante la idea de que pudiera estar en casa de alguno de sus clientes. Tu organización se había visto trastocada, al igual que tu mente. No habrías sabido ponerle nombre a aquella dependencia.

Mira estaba a punto de volver. Como de costumbre, te había llamado la víspera para avisarte, pero te cogió desprevenido. Él, volatilizado; ella que reaparecía…, aquel carrusel te daba vértigo. Le pediste a Fatheya que fuera a buscaros comida preparada para celebrar el regreso de tu mujer, que lo ordenara todo minuciosamente. Ella se esmeró y, antes de marcharse, puso sobre la mesa, a la vista, algunos efectos que no te pertenecían. Al irse de forma tan precipitada, Ali se había dejado algunas cosas en tu casa. Era la primera vez que pasaba. Te asaltó una repentina ansiedad por lo que podría haber ocurrido si Mira se las hubiera encontrado. Metiste a toda prisa los objetos comprometedores en una bolsa de plástico y la bajaste a la clínica.

Aunque ella te había dicho que no la esperaras, tú querías recibir a tu mujer. Llegó entrada la noche. Cuando la distinguiste en el umbral, corriste a tomarla en tus brazos. Sorprendida y seducida al mismo tiempo, ella te devolvió el beso. Mientras guardaba su ropa, el olor a hojas de parra rellenas os llegaba desde la cocina. Aquella apariencia de normalidad te reconfortaba. Te sentías como un paciente al que anunciaras que el tumor descubierto con anterioridad al final es benigno.

§

Cuando volvió a la consulta llevabas una semana sin verlo. Al igual que él, hiciste como si no pasara nada. No le pediste ninguna explicación, él no trató de dártela. Al regresar a casa por la noche, estabas preocupado. Clavabas la vista en la pared como se apunta a un chantajista. El más insignificante de los muebles se te antojaba a punto de traicionarte. Cuatro días después, Mira te anunció un nuevo viaje; tal vez sintió tu desazón. Mira-Telepática.

Entre Ali y tú se produjo un distanciamiento completamente distinto. Volvió a quedarse en tu casa la noche en que se marchó tu mujer, pero algo en él parecía haber cambiado. Un cansancio en la mirada, una sonrisa apagada, observaciones lanzadas al tuntún. Hacía comentarios sobre tu tren de vida; te sorprendía tirando unos restos de comida que todavía se podían consumir y te recalcaba que estaba claro que nunca habías pasado hambre. A decir verdad, no se trataba de un reproche, más bien de un simple recordatorio de lo que os separaba, de una diferencia primaria. Como el agua y el aceite. Podemos sacudirlos con energía y tener la impresión de que se mezclan, pero acaban volviendo a su sitio, dominando uno al otro irremediablemente. Decía aquello echándote aceite de oliva en el plato de habas. Había adoptado un aire de fingida indiferencia, un poco provocador, pero sabías que medía cada una de las palabras que pronunciaba. Con una sonrisa, tratabas de burlarte de lo que acababa de decir, igual que se ahuyenta un pensamiento absurdo con un movimiento de cabeza. Hoy te das cuenta de cuánta razón tenía en todo. Ali señalaba detalles insignificantes, pero solo eran un atajo para evocar todo lo demás: vuestros casi quince años de diferencia, la educación, la profesión, la familia, el estatus, la religión... Al fin y al cabo, solo coincidíais en el hecho de ser hombres en el Egipto de un siglo XX en extinción. Este único punto en común os condenaría sin embargo más que cualquier diferencia.

Estabas a mil leguas de aquellas consideraciones cuando entreabriste los ojos esa noche. Sabías que estabas despierto, pero tratabas de mantener las extremidades en su pesadez somnolienta para no echar a pique la vuelta al sueño. Con la conciencia adormecida, miraste por costumbre hacia el lado izquierdo de la cama. Esperabas encontrarte la silueta de Mira, delicadamente abandonada al sueño que no dejaría de contarte. En su lugar, el cuerpo de Ali. Dormía apaciblemente. Lo habías olvidado. Olvidado que dormía allí, al igual que la víspera, la antevíspera y también la noche que las precedió, en esa cama en la que Mira y tú intentabais concebir un hijo. Se encontraba en el sitio exacto en el que ella se quedaba dormida. La precaria pasarela que te habría conducido de vuelta al adormecimiento acababa de romperse. Estupefacto, mirabas ese otro cuerpo que las sábanas ya casi no cubrían debido a los movimientos nocturnos. Estaba acostado bocabajo, la cabeza girada hacia ti. Los primeros resplandores de una mañana de verano paseaban por su espina dorsal. La luz horizontal proyectaba sombras desproporcionadas sobre cada una de sus vértebras. Estas se fusionaban cada vez que la respiración le levantaba la espalda, y recuperaban su lugar a medida que el aire se le escapaba por la nariz. Su cuerpo se abandonaba tan apaciblemente como si aquel sitio fuera suyo, y nada parecía sorprenderse de aquella escandalosa impostura.

Cada hombre porta en sí el germen de su propia destrucción. Pensaste en Nesrine, que dormía en la planta de arriba. En tu madre, invisible centinela de ese mismo edificio. En aquella ventana por la que el día naciente lanzaba sus rayos sobre el cuerpo sosegado de Ali. En sus cosas, diseminadas aquí y allá. En su olor, presente por todas partes. Te sentiste oprimido por la tensión e incapaz de discernir si tu corazón acelerado era la causa o la consecuencia. Un desenfreno de latidos. Un estruendo interior. ¿Era posible que no lo oyera? Le posaste la mano húmeda en el hombro. Él se despertó con un ligero estremecimiento. Con los ojos entornados descifró la hora que marcaba el despertador de Mira.

—¿Qué te...? ¿Estás bien? ¡Vaya cara que tienes!

—Tienes que irte...

Se levantó. Se vistió. Reunió sus cosas en silencio. Cuando acabó, lanzó una mirada en tu dirección. Mucho tiempo después tratarías de averiguar lo que había que leer en ella. Por el momento eras incapaz de pronunciar una palabra más.

22

El rumor. El que se propaga, invisible como el viento entre las palmeras. El que mancilla lo que no entiende. Habían roto los cristales de la consulta desde fuera. *El que condena lo que no conoce.* Al principio pensaste que habían entrado a robar, pero no se habían llevado ningún objeto de valor. Habían destripado los muebles, volcado los armarios, desperdigado los expedientes médicos. *El que margina lo que le resulta extraño.* El afán de destruir era evidente. ¿Cuántos habían sido para hacer aquello? ¿Cinco? ¿Veinte? ¿Y quiénes? *El que se deforma, de boca a oreja.* Un olor a gasolina flotaba en el ambiente, como si hubieran planeado incendiarlo todo. ¿Por qué se habían detenido antes? ¿Por falta de tiempo? ¿Para que el efecto fuera aún más espectacular? ¿Porque habrían preferido que te hallaras dentro? *El que tuerce la boca que lo difunde con fingida indignación y una sonrisa cómplice.* Enseguida pensaste en Mira. ¿Dónde se encontraba cuando sucedió? ¿Y tu madre? ¿Y Nesrine? ¿La habrían emprendido contra unas mujeres? *El que se complace en sus certezas.* ¿Y Ali? *El que oculta su fealdad bajo la máscara del decoro, la tradición, la moral, los principios.* Un escalofrío de rabia te recorrió en ese instante. Una sensación de una intensidad que nada igualaría jamás en tu vida. *El rumor que ensucia, salpica.*

¿Dónde diantres estaba Ali? *El que aborrece la alteridad.* Saliste gritando de la consulta. *El que señala, asfixia, lapida, inmola.* De pronto viste el cadáver de Tarbouche, tu gato, clavado en un muro. La sangre chorreaba por la pata descoyuntada, dibujando líneas irregulares de color púrpura que terminaban su recorrido en el vómito del animal torturado. *El que se vanagloria de la ignorancia.* Tarbouche... ¿Durante cuánto tiempo había agonizado en aquella puesta en escena macabra? *El que se hincha de odio.* Había una inscripción en la pared: «Te espera en el infierno». *El rumor que asesina.*

Las moscas se arremolinaban alrededor del despojo con frenética embriaguez. Trataste de descolgar el cuerpo aún tibio. Lo liberaste con una precaución innecesaria, como si aún pudieses ahorrarle algún sufrimiento. Probablemente te despellejaras los dedos al arrancar los clavos; no distinguías tu propia sangre de la suya. Con aquellas manos que solo sabían curar a los vivos, en ese instante habrías sido capaz de degollar a cien hombres si se te hubieran puesto delante. Todos eran culpables.

Tenías que darte prisa. Querías asegurarte de que los tuyos estaban a salvo. Cubriste los restos de tu gato con una toalla, subiste las escaleras de cuatro en cuatro hasta el piso de arriba y llamaste a tu hermana a gritos. Parecía despertar de un sueño que, a todas luces, el ruido del saqueo no había interrumpido. Retrocedió al verte llegar con la camisa manchada de sangre y las pupilas dilatadas. Dabas alaridos. Querías preguntarle si todo iba bien, pero las sílabas que bramabas apenas eran inteligibles. Viste en sus ojos el miedo que le habías provocado; recobraste el aliento.

—¿Dónde está mamá? —trataste de vocalizar con la mayor claridad posible.

—Tarek, ¿qué ocurre? ¿Estás herido?

Repetiste la pregunta, intentando disimular cualquier forma de impaciencia.

—Está en su dormitorio, ¿dónde quieres que esté? Dios mío, Tarek, ¿qué te has hecho?

Empezó a desabotonarte la camisa para entender de dónde salía la sangre. No encontró ninguna herida. No supiste explicárselo. Estabas sentado en la silla a la que te había conducido, agotado e impotente.

—Tarek, ¿me vas a decir qué sucede?

—Mira, quiero hablar con Mira...

Mira estaba en Alejandría. Nesrine había hablado con ella por teléfono el día anterior; a esa hora quizá estuviera dándose un baño en Montaza. ¿Querías que alguien le llevara un mensaje a la playa? No, no hacía falta. No contestaste a ninguna otra pregunta. Lo único que te importaba ahora era saber dónde estaba Ali.

23

Llamaron, ella abrió. Le hablaron, respondió. Fue breve. Volvió a cerrar la puerta. Por la mirilla, observó a su interlocutor alejarse, de espaldas. Cuando estuvo a cierta distancia, avanzó a su vez por el recibidor. Maquinalmente, cruzó su propia mirada en el espejito colgado de la pared de la entrada. Una sombra naufragaba en el hueco de sus mejillas. No se repeinó.

Ese día trabajabas en el Hospital Americano y tu madre sabía que aún disponía de algo de tiempo antes de que regresaras. Suficiente para dar con la mejor manera de anunciarte la noticia. Por el momento, un dolor empezaba a ceñirle la cabeza. Se dirigió a la cocina, abrió la nevera y sacó una cubeta llena de agua en la que se descomponían tres sanguijuelas. Hacía por lo menos dos meses que esperaba aquella migraña.

*

—¿Dónde está el cuerpo? ¡Quiero ver el cuerpo, quiero ver lo que le han hecho!

—Pero bueno, ¿te vas a tranquilizar? Te digo que se ha ahogado.

—¡Quiero ver el cuerpo!

—Lo han enterrado…

¿Cómo podía haberse ahogado? Con veinte años, los músculos y la mente llenos de vida… Apretaste la mandíbula como para impedirte seguir gritando.

—¡Qué lo desentierren! ¿Desde cuándo se dan prisa en enterrar al primer huérfano de Mokattam que se ahoga? ¿Quién ha dado la orden?

—Yo. Yo soy la que ha pedido que lo metan en la fosa común cuando me han dado la noticia. Era nuestro empleado, no tenía familia alguna. Pero, ¡por el amor de Dios!, ¿qué querías tú que…?

—¡El amor de Dios puedes metértelo donde te quepa! ¿Cómo te atreves a ordenar el entierro de ese cuerpo sin que…?

Nunca antes le habías hablado así a tu madre. Ni tú ni nadie, de hecho. Te respondió en un tono glacial, cuidando de vocalizar bien cada sílaba:

—¿Sin que lo vieras por última vez?

—¡Sin que lo examinara, joder!

—Tarek, voy a empezar a creer que es verdad todo lo que cuentan. ¡Compórtate como un hombre de una vez! No se desentierra a los muertos y no se…

—¿No se qué?

—¡No se hacen ese tipo de cosas cuando se es un hombre!

—No vuelvas a decirme nunca que me comporte como un hombre, ¿me oyes?

—Debería habértelo dicho más a menudo.

Las últimas palabras las había gritado a través de la puerta que acababas de cerrar de un portazo.

Ver su cuerpo para comprender. De pronto volviste a pensar en la frase que había escrita junto al cadáver de Tarbouche: «Te espera en el infierno». ¿Y si se refería a Ali y no a tu gato? ¿Lo habrían matado a palos antes de tirarlo al Nilo? Seguro que habría contusiones, demostrarías la ausencia de agua en sus pulmones. ¿Lo habrían tirado al río lastrado y encadenado para que se ahogara? Seguro que verías el rastro de las ligaduras alrededor de sus muñecas. Ver su cuerpo para encontrar en él un rastro de vida que les hubiera pasado desapercibido a todos los demás. Un rescoldo casi apagado que bastaría con soplar para avivar el fuego. Verlo para comprender. Su cuerpo, por última vez.

§

Te dirigiste a la oficina local de la sanidad pública que había cerca de tu domicilio con la esperanza de que la muerte de Ali hubiera sido declarada allí. Conocías el procedimiento por haberlo tenido que cumplir como médico. Tras más de una hora de espera, te pidieron un documento de identidad de Ali que no tenías. Eran casi las cinco de la tarde, y el funcionario que estaba frente a ti no parecía dispuesto a hacer excepciones a tan pocos minutos de la hora de cierre. Era como si tu creciente impaciencia anestesiara en él cualquier forma de motivación. Levantaste la voz. Al darse cuenta de que no se iba a desembarazar de ti con tanta facilidad, aceptó iniciar una búsqueda de mala gana y fue abriendo mecánicamente la primera página de cada carpeta de lo que parecía ser la pila de los expedientes del día. Sin resultado.

—¿Cómo que «nada»? ¿Qué significa eso?

—Significa que lo han declarado en otra oficina. O que todavía no se han actualizado los datos: la ficha puede tardar hasta veinticuatro horas en actualizarse. O que no han metido el apellido bien. O que forma parte de los veintisiete muertos no identificados del día. O que…

—¿Y entonces cómo hago para saber dónde está?

—Siempre puede intentarlo en el Mogamma, pero bueno, sin documento de identidad…

Sus últimas palabras subrayaban que el favor que acababa de hacerte esperaba su recompensa y, al mismo tiempo, que tus probabilidades de obtener la información eran prácticamente nulas. Enviar a un egipcio al Mogamma equivalía a mandarlo al diablo. Buscar una información en aquel edificio estalinista donde se hacinaban decenas de miles de funcionarios que nunca tenían la respuesta a la pregunta que les hacían era la manera más segura de empantanar indefinidamente la más sencilla de las solicitudes administrativas. Habías tenido que ir allí la semana anterior para rehacer algunos papeles desaparecidos en el saqueo de tu clínica y no esperabas obtenerlos antes de largos meses. Saliste sin dejarle propina a tu interlocutor, lo que seguro te valió una cantidad de insultos a los que no prestaste atención. Pensaste por un segundo en preguntar a tu madre si conocía la fosa en la que lo habían metido, pero, aunque lo supiera, dudabas que te respondiese. Acababas de perder la carrera contrarreloj a la que te habías lanzado. A la hora que era, su cuerpo debía de yacer junto a los de una docena de cuerpos anónimos más. A partir de ahora, cada minuto no haría sino descomponerlo, tanto en la tierra como en tu memoria. Trataste de grabar mentalmente su rostro, del que no poseías ninguna fotografía. Una imagen que había que preservar a toda costa. Hacía unos días aún estabas con él y, sin embargo, era como si no consiguieras reconstituir con certeza la finura de sus rasgos. Su voz, ¿te acordarías de su voz? Si al cabo de unas horas lo dudabas, ¿cuánto tiempo tardarías en olvidar para siempre el hoyuelo que se le formaba cuando le hacías reír, el olor de sus cabellos, la promesa hecha a su madre de velar por él?

El hedor de las calles de El Cairo se te pegaba a la nariz, te aturdía la cabeza, se te metía por la garganta. Caminaste un poco para salir del tráfico y te metiste por un callejón que no conocías. Con la espalda apoyada contra la fachada de un edificio, el cuerpo se te relajó sin que se lo hubieras pedido. Entonces, y solo entonces, te llevaste a los ojos la mano derecha, cuyos dedos pronto chorrearon.

24

Las semanas se sucedían, cada una de ellas procurando ser una réplica apenas más monótona y ociosa de la anterior. Todo había sido limpiado, reparado y colocado en su sitio. Las paredes se habían vuelto a pintar y se había comprado el instrumental de nuevo. Agujas hipodérmicas, jeringuillas, hilo para sutura, gasas, viales, apósitos... Lo necesario para volver a coser, tratar, vendar y sanar. Los daños causados por el saqueo de la clínica hacía un mes y medio resultaron ser bastante superficiales. Solo quedaba que te reemplazaran el cristal roto de la ventana, tal y como llevaban varias semanas prometiéndote. «Mañana, *inch'Allah*». Al principio llamabas cada cierto tiempo para que te enviaran a alguien, pero acabaste tirando la toalla. Al fin y al cabo, no impedía que entrara la luz, simplemente era un recordatorio de lo sucedido. Un testigo de la furia de los hombres. Con el tiempo dejó de afectarte, al igual que los pelos de Tarbouche que de vez en cuando seguías encontrándote debajo de los muebles y de los que te deshacías con un movimiento maquinal de los dedos por encima de la papelera.

Tenías menos consultas en la clínica de Dokki, donde ya no te ayudaba nadie. A veces incluso te pasabas la mitad del día sentado sin que entrara ningún paciente. Podrías haber cerrado unas horas y haber subido a la planta de arriba a ver a Mira, pero no lo hacías. Las horas que pasabas en el bajo tendían incluso a prolongarse. Cuando regresabas a casa, había oscurecido tanto que el cristal roto ya no se veía.

Por lo demás, tu actividad se dividía entre las operaciones semanales de neurocirugía en el Hospital Americano de El Cairo y las consultas del dispensario de Mokattam. Unas por necesidad, las otras por costumbre. Faltaste algún que otro día, y la primera vez, los habitantes del barrio esperaron casi dos horas antes de volver a casa resignados, pero también preocupados por aquella ausencia anormal. Lo dedujiste al día siguiente, cuando reconociste a los hijos de los traperos pasando por delante de tu domicilio. Estaban demasiado lejos de su zona de juegos habitual para que fuera pura casualidad. Seguro que los habían mandado sus padres para cerciorarse de que no te había ocurrido nada. Ni siquiera sonreíste ante la paradoja de esos pacientes preocupados por la salud de su médico. Unos días más tarde, te enteraste de que estaban construyendo una clínica islámica a decenas de metros del dispensario. En realidad, te parecía que todo carecía de importancia.

Desde vuestra disputa, se había roto el diálogo con tu madre, y Nesrine ya no intentaba mediar entre vosotros. Lo curioso es que encontrabas cierta serenidad en el silencio que se instauraba. Entre Mira y tú se había abierto otro tipo de abismo. Ella había dejado los viajes, consciente de que la fugaz magia del regreso no volvería a repetirse. Las alacenas de la cocina y las botellas de lejía seguían vaciándose a un ritmo vertiginoso en el que preferías no fijarte; una renuncia cobarde y culpable por tu parte que no se sostendría por mucho tiempo. Cada día te acercaba más a la conversación que estabas evitando; Mira tuvo el valor que te faltaba a ti.

En momentos así, lo que se dice no importa. Lo que cuenta es lo demás. Ella intentó resquebrajar tu silencio con delicadeza, lo cual te sorprendió: no hubo escenas ni arrebatos. Parecía sopesar cada palabra, describiéndote sus sentimientos lo mejor que podía sin hacerte cargar con toda la responsabilidad. A veces la emoción la asfixiaba. Con la yema de los dedos, se apartaba las lágrimas de las mejillas, inspiraba hondo y seguía. Su herida era sincera; intuías su intensidad, conocías la causa. No obstante, más que aquel dolor, lo que te conmovió fue su deseo de mostrarse indulgente contigo. No buscaba culpables, tan solo una salida. Te seguía queriendo.

¿Qué podías ofrecerle a cambio? Ni excusa válida ni explicación. Solo monosílabos, algún «No sé» o «¿Qué quieres que te diga?». Hacía mucho que habías abandonado. Ella quería saber en qué punto estabais, como si bastara con establecer unas coordenadas geográficas. ¿Acaso sabías siquiera en qué punto estabas tú? ¿Se puede responder a ese tipo de preguntas? Observabas su pena sin tratar de empatizar con ella; vuestros sufrimientos se habían distanciado tanto que ya nunca volverían a mezclarse. No mencionó el nombre de Ali, quizá esperando que sacaras tú el tema. Pero el tema no salió.

Los hombres son nómadas en pausa. Pueden pasarse perfectamente toda la existencia cerrándose a esa realidad. Se convencen de que el tiempo no cuenta, de que el espacio se divide en motas de polvo y de que esas motas se adquieren con títulos de propiedad. Huérfanos de la inmensidad, mueren sin haber vivido. Pero a poco que esa verdad se les revele de golpe y decida arrojar su cruda luz sobre su vida cotidiana, cualquier concesión a la libertad se vuelve entonces insoportable.

Con la mirada gacha de quien se bate en retirada, mencionaste Montreal por primera vez. Te habías informado sobre los trámites para emigrar a Canadá. Te irías antes de final de mes.

De repente lo vio claro: las semanas que ella había pasado tratando de comprenderte, tú las habías empleado en organizar tu propia huida. La cara se le fue crispando conforme le describías tus planes. Progresivamente, su incredulidad se transformó en una máscara de odio frío. Más de una vez habías tratado de imaginarte su reacción cuando le dijeras que te ibas, pero su intensidad te impresionó. Entonces te asaltó un nuevo pensamiento, una especie de augurio que te sacó del letargo en el que llevabas más de un mes refugiándote: el miedo a que dirigiera aquella violencia contra sí misma. Mira-Antígona. La perspectiva te llenó de espanto. Reflejaba una imagen de ti mismo de una evidencia cruel: la de un hombre artífice de su propia desgracia, que conduce a todos y cada uno de los que ha amado a la perdición.

Entonces improvisaste aquella frase infame, aquellas palabras sin vergüenza, aquella pregunta de respuesta totalmente previsible, destinada a conjurar la visión que acababa de aflorar en tu mente:

—¿Quieres venir?

El desprecio le deformó la boca. Te miró de arriba abajo y percibiste en ella el tumulto sofocado de los volcanes de Armenia.

—¿Ir contigo para qué? ¿Para seguir a quién? ¿A un desconocido?

§

La vida es así: el mismo gesto que para nosotros es un acto de valentía puede resultar de una inmensa cobardía para con nuestros allegados. Te marchaste la víspera de una Navidad que ellas renunciaron a celebrar. Nadie le pidió a Fatheya que cocinara el tradicional *shisbarak* de Año Nuevo, esos raviolis rellenos de carne que os servíais hasta que a alguien le tocaba la moneda del rey Faruk que tu madre había escondido en uno de ellos. En unos meses se celebrarían elecciones legislativas y el presidente había jurado que serían libres y sinceras. ¿Qué más te daban las promesas del país que estabas abandonando?

Te fuiste como quien se marcha por mucho tiempo, dejando tras de sí una lengua que acabará por morir o un apodo que nadie volverá a pronunciar. No trataste de dar una importancia desmesurada a lo que debía seguir siendo una montaña de detalles. Una puerta que cerramos de golpe sin saber si volveremos a abrirla, un plato que a lo mejor no encontraremos en el sitio adonde vamos, una lista (incompleta, claro está) de personas a las que no les hemos dicho que nos marchamos… Empezaste a reunir algunas fotos, con la esperanza de contemplarlas algún día con más felicidad que vergüenza. Una de ti, flanqueado por tus padres, en esa época en la que la vida aún calla las adversidades que encierra. Una de tu hermana, con el rostro que vacila entre la adolescencia y la edad adulta. Otra tuya, delante de ese dispensario que tanto te enorgullecía.

Te quedaste pensativo al contemplar la de Mira sonriente con su vestido de novia. No tenías ninguna de Fatheya —¿por qué iba a fotografiarse uno con la criada?—, ninguna de Ali, por supuesto. Terminaste colocándolas todas de nuevo en el álbum de familia del que las habías sacado y devolviendo este a la estantería de la que no tenía que haberse movido.

Te despediste de tu madre, que respondió con un movimiento de cabeza que podía significar infinidad de cosas («¿Hijo mío, ¿cuándo volveré a verte?», o bien: «¿Has visto adónde te ha llevado tu cabezonería?», o incluso: «¿Te has parado a pensar qué será de nosotras sin ti?», o después de todo nada de eso o, por qué no, todas esas posibilidades a la vez). Estrechaste a Nesrine entre tus brazos sin decir nada, como si las palabras no tuvieran la obligación de responder a las lágrimas. Te habían dicho que Mira se había ido unos días a casa de sus padres y no intentaste averiguar si era cierto. Nunca terminaste la carta que habías empezado a escribirle; ¿de qué sirve explicar lo que ni uno mismo entiende? Al romper vuestros votos como si solo hubieran sido tuyos, la abandonabas a sus pesares irresolubles. Durante mucho tiempo se preguntaría qué tendría que haber sido para que no dejaras de amarla.

Al girarte para cerrar la puerta, atisbaste una figura dirigiéndose a ti.

—¿Y de mí no te despides?

La vergüenza te inyectó de sangre las mejillas, enflaquecidas por las últimas semanas. Diste un paso hacia ella, pero te apartó con firmeza. La voz se le quebraba en inflexiones que no le conocías.

—¿De veras pensabas irte como un vulgar ladrón? ¿Quién de nosotras te ha enseñado a pisotear así a quienes te quieren, eh? ¿Quién?

—Perdona, Faty, estoy agotado...

Ella se ablandó, se acercó a ti y se abrazó a tu cuerpo, desprovisto de resistencia. Te habló como al niño que te habría gustado seguir siendo para siempre.

—Tarek, no estoy segura de que seas capaz, pero cuídate, ¿vale?

—Tú también... y cuida de ellas.

Te estrechó enérgicamente entre aquellos brazos acostumbrados a las tareas ingratas hasta que sintió que la emoción la superaba. Entonces movió las manos con la impaciencia que solía reservar a las moscas que revoloteaban alrededor de sus fogones. Tenías que irte.

§

Tu casa, el taxi, el aeropuerto, el avión, el aeropuerto, el taxi... La nieve cubría las calles de aquella ciudad desconocida con una película sucia y grisácea que pronto te resultaría familiar. A partir de ese día, fuiste un extranjero en todas partes.

25

Montreal, 1988

—No deberías haber venido.

—¿Por qué? ¿No te alegras?

—Sí, por supuesto... Quería decir que no tenías que preocuparte por mí.

—¿Hay que estar preocupada para visitar a un hermano?

—No, no, claro...

Nesrine se calló. Sus silencios eran un lienzo tensado en el que el pasado proyectaba sus imágenes. Hacía cuatro años que no la veías. Tuviste que pararte a pensarlo para hacer el cálculo. El tiempo había ido distendiéndose poco a poco desde que habías llegado. Al principio necesitaste contar rigurosamente los meses que llevabas en aquel territorio desconocido para rendir cuentas de tu proceso de inmigración en cada una de las etapas administrativas. Y luego, a medida que obtenías tus papeles, la obsesión por los meses acumulados se fue disipando. Tus colegas quebequeses rememoraban los cinco o seis últimos inviernos y las características de cada uno (aquel en el que tuvieron que esperar a las Navidades para que la nieve cuajara en el suelo, aquel otro en el que las lluvias heladas desafiaron a las esparcidoras de sal, y el último, cuando, al decir de los expertos, estuvieron cayendo buenas mantas de nieve hasta abril). Tú, por tu parte, habías perdido la cuenta. Ninguna ciudad se transforma tanto de una estación a otra como Montreal. Incluso a aquello eras insensible.

Al llegar, habías tenido que retomar tu carrera desde el principio. Como tus títulos egipcios no estaban reconocidos, no podías establecerte como médico. Contemplaste entonces la posibilidad de hacerte enfermero. A pesar de estar sobrecualificado para aquel puesto, el sindicato desestimó directamente tu solicitud alegando que no tenías el diploma. A falta de algo mejor, te resignaste a un puesto de auxiliar de enfermería, que no estaba regido por ningún colegio profesional. Ocupaste ese empleo durante seis meses, el tiempo de obtener tu convalidación. Como no habías logrado que te homologaran la residencia que habías llevado a cabo en El Cairo, no te quedó otra que volver a realizarla allí. Tus buenas notas te permitieron hacerla en cirugía, que era además tu especialidad. Un año después, entraste como residente en el Hospital Universitario. Estabas contándole aquello a Nesrine, que solo te había preguntado si te gustaba tu trabajo. Al ver que se perdía en medio de unos detalles que no le eran familiares, interrumpiste el relato de tu trayectoria con un «Sí, la gente es amable». Los rizos de su negra melena se estremecieron con un vago asentimiento de cabeza.

Te acordabas de un hombre de Mokattam con una neumopatía, al que cada respiración se le hacía cuesta arriba. Antes, hablar con Nesrine te resultaba tan natural como respirar, pero al igual que a aquel hombre enfermo le costaba tomar aire, ahora te daba la sensación de que debías sopesar cada palabra. Mokattam estaba tan lejos de ti como tu hermana parecía estarlo en aquel instante preciso. Se envolvió en una manta descolorida que había sobre el sofá.

Pasaron unos pesados minutos que se hicieron eternos.

—¿Jugamos? —dijiste rompiendo el silencio.

Nesrine reaccionó con un movimiento que contrastaba con su cuerpo entumecido.

—¿A qué quieres jugar?

—Ya lo sabes —dijiste con voz dulce—. Venga, tú adivinas.

La nariz le tembló al soltar el aire.

—¿Es una mujer?

—No.

—¿Un personaje de ficción?

—No.

—¿... de la familia?

—Tampoco.

Puso los ojos en blanco, como para disimular el hecho de que comenzaba a entusiasmarse con el juego.

—¿Un político?

—No.

—¿Un cantante?, ¿un actor?

—No.

—¿Egipcio?

Asentiste con la cabeza.

—¡Ah, menos mal! ¿Sale en la tele?

—No.

—¿Un amigo de la familia?

—No.

—¡Oye! No es conocido y no forma parte de la familia ni de nuestros amigos, ¿cómo quieres que...? —Se interrumpió antes de retomar con una voz desencantada—: ¿Está muerto?

Tú asentiste y sus ojos perdieron la luz.

—Tarek, ¿por qué sacas el tema?

—Mientras no digas su nombre, solo puedo responder sí o no.

—Muy bien. —Se endureció ella de repente—. ¿Esta persona ha destruido a nuestra familia?

—Nesrine...

—Ay, sí, perdón, eres tú el que la has destruido. A él más le habría valido quedarse entre sus basuras.

—Para.

—Solo puedes responder sí o no, Tarek. Tú eres quien ha querido jugar.

Parecía sorprendida del sonido de su propia voz, como cuando nos asustamos de nuestra sombra en un callejón poco iluminado. Se serenó.

—¿Te arrepientes de haberlo conocido?

—No lo sé...

—Sí o no, Tarek.

—No...

—¿Eres consciente del daño que nos has hecho?

—¿Y yo qué? ¿De verdad crees que yo no he sufrido? ¿Qué no me entraron ganas de morirme?

Pareció dudar antes de hacer su última pregunta.

—¿Lo querías?

Tenías un nudo en la garganta. Sabías que una sola sílaba adicional acabaría con los diques que todavía contenían tu emoción.

—¿Lo querías o no?

§

Reventado el absceso, la cicatrización podía comenzar. Ella te habló de su boda, a la que no habías asistido, de su hijo, al que descubrías a través de sus fotos. Sabías que tu ausencia le había dolido. Tratabas de recuperar una parte del tiempo pasado preguntándole sobre su vida. Hacías como si te enternecieran sus relatos de madre primeriza, como si estuvieras deseando conocer al hombre con quien compartía su vida. No tanto porque te importaran sus historias, sino más bien porque te alegrabas de recuperar a tu hermana, de escuchar aquella voz familiar animándote la existencia. En el fondo, lo que os decíais era secundario.

A veces se colaban algunos reproches en sus relatos. Tú hacías como si no te dieras cuenta. Imaginabas la soledad de tu madre en aquella casa que se le hacía demasiado grande tras vuestra marcha. Tu huida había sido una afrenta de la que no se recuperaba. Sin sentirte culpable por ello, comprendías que tu ausencia todavía rondaba las paredes de la villa de Dokki. Terminaste por preguntarte si el matrimonio de Nesrine no habría sido para ella una escapatoria, un poco como tu exilio a Quebec.

Se había casado con treinta y cinco años, lo cual era tarde para el Egipto de los años ochenta. No habrías sabido decir qué peso habían tenido en su elección el amor, el miedo, el desgaste y la razón. Te preguntaste para tus adentros si no habría fundado una familia para que vuestra madre pudiera seguir aferrándose al futuro que se había imaginado. A medida que proseguía su relato, tomabas conciencia de que tu hermana había sufrido con la atención que te reservaban tus padres, con la ambición que habían concentrado casi exclusivamente en ti. En todos esos años, jamás sospechaste que tu hermana pudiera tenerte celos por algo que para ti solo había sido una carga.

Levantaste con delicadeza el velo de tu vida diaria. Como no sabías por dónde empezar, le contaste el diluvio que había caído sobre la ciudad el año anterior. Las alcantarillas desbordadas, los coches atrapados en el agua, la autopista Décarie transformada en una piscina gigantesca... Tu hermana solo había visto la nieve en las montañas libanesas, a las que habíais viajado con vuestros padres, así que intentabas describirle el invierno quebequés. Le hablaste de aquella provincia que soñaba con ser un país. Para que se riera, incluso trataste de imitar el acento, tan distinto de aquel con el que habíais crecido. Ella terminó por sonreír.

Le sorprendió que no hubieras retomado el contacto con las familias levantinas de Egipto emigradas en masa a Montreal. ¿Tenías amigos aquí? Asentiste de manera evasiva. ¿Alguien en tu vida? No se atrevió a hacer la pregunta. Al final le hablaste de la asociación que acababa de crearse para acompañar a las personas afectadas por la enfermedad de Huntington de la que eras voluntario. Tu hermana no sabía exactamente por qué habías elegido esa causa, pero sintió que te importaba. Le habías hablado de todo, y por fin le hablabas de ti. Fue breve, pero la conmovió.

§

Tenías por costumbre salir a correr los domingos por la mañana. No te oyó entrar y tú no quisiste interrumpir su conversación. Fue al colgar cuando descubrió tu presencia. Respondiste a su sobresalto con una sonrisa. Como no sabía cuánto tiempo llevabas allí, se adelantó:

—Era mamá.

—¿Está bien?

—Sí, te manda un beso.

Estuviste a punto de soltar una frase como «Anda, ¿ha encontrado mi número de teléfono?», pero te contuviste. Eras tan culpable de aquel silencio como tu madre y no iba a ser Nesrine quien os desempatara. Los últimos días habían apaciguado vuestras conversaciones y querías preservar aquella tregua. Te fuiste a la ducha.

La hora siguiente fue de pocas palabras, y luego ella terminó anunciándote que acortaba su estancia.

—¿No debías quedarte una semana más?

—No, es hoy.

—¿He hecho algo que...?

—No, no digas tonterías.

—Me gusta estar contigo, ¿lo sabes?

—A mí también, Tarek... A mí también.

Habías aprendido a hacer como si no te dieras cuenta de que estaba a punto de llorar. La tomaste en tus brazos, seguramente por reflejo. Sus dedos se aferraron al hueco de tu espalda como para sujetarse a ese momento. Por un instante volviste a veros en la playa de Montaza, jugando a ver quién aguantaba más tiempo el agua del mar en la palma de la mano. Las tuyas eran más grandes, pero a veces separabas los dedos para dejarla ganar. Vuestro juego duraba solo unos segundos.

—¿A qué hora tienes el vuelo? A lo mejor nos da tiempo de tomar un *brunch* juntos, conozco un sitio que no está mal. Nada que ver con el *ful* de Fatheya, pero ponen unas tortillas excelentes…

—Me encantaría, pero mi taxi está al llegar.

—¿Nada puede hacerte cambiar de idea?

No respondió. El último rastro de sonrisa había desaparecido de tu rostro. Nesrine te devolvía a tu silencio y tú contemplabas la extensión de la brecha que seguía existiendo entre ambos. Ni los neones fluorescentes de un *diner* norteamericano ni el recuerdo de las habas demasiado condimentadas de tu infancia bastarían para colmatarla. Tu pasado os unía tanto como os separaba.

Con la mano derecha liberaste la suya del asa de la maleta. La acompañaste serenamente hasta el portal de tu edificio. Una vez abierta la puerta, el ruido de la ciudad devolvió un poco de vida a vuestros últimos instantes. Apoyada en la pared, ella contemplaba el tráfico distraída.

—¿Me acuerdo de qué?

No la comprendiste.

—En las matrículas de los coches —precisó ella.

—Ah, sí, es la divisa de Quebec. Un día le pregunté a un compañero lo que quería decir y se limitó a encogerse de hombros. Creo que aquí nadie se acuerda de lo que se supone que tendría que acordarse; después de todo, tal vez sea mejor así.

—Tal vez…

El taxi acababa de llegar. Tu hermana te dio un beso mientras el conductor colocaba el equipaje en el maletero.

Había estado esperando aquel instante irrecusable para decir:

—No me has preguntado cómo está Mira...

—¿Le ha pasado algo?

Te sentiste estúpido. No sabías si habías tratado de evitar el tema o si, por el contrario, habías esperado que Nesrine te hablara de ella. Mira. Aquel nombre expresaba mejor que ningún otro la mala conciencia que llevabas años enterrando. Conocía tus amores, tus cobardías, tus arrepentimientos, tu egoísmo; las palabras que no habías pronunciado antes de marcharte, los gestos que habrían podido reconfortarla. *¿Le ha pasado algo?* Sabías de sobra lo que le había pasado por tu culpa. Nesrine se había sentado en la parte de atrás del coche. Absorto en tus pensamientos, no te diste cuenta de que se despedía de ti con la mano. Ahora estabas seguro de que se iba sin haberte dicho el motivo de su visita.

26

El Cairo, 1999

El comino, el polvo (ya), el cilantro, la bencina, los burros, sus excrementos, la arena, el polvo (otra vez), el sudor, el cardamomo, los gases de los coches, la cebolla frita, la basura quemada, las habas calientes, el jazmín, el polvo (erre que erre), el asfalto de nuevo viscoso bajo el reinado absoluto del sol. El Cairo era una embriagadora presencia olfativa compuesta por un sinfín de elementos. Uno no repara en esas cosas hasta que no se reencuentra con ellas. Antes, no existen; su abstracción es similar a la de los latidos del corazón, vitales pero invisibles. Solo existen a partir del momento en que se vive sin ellas. Y entonces regresan con brutal evidencia, tan invasivas como anodina era su presencia en otro tiempo. En ese momento concreto, encarnaban El Cairo para ti.

Te había dado un mareo en la escalerilla de embarque que conducía a la pista del Aeropuerto Internacional de El Cairo. Apenas unos pasos fuera del avión bastaron para que te flaquearan las piernas. Te aferraste a la barandilla, y el pasajero de delante atrapó tu maleta en el último momento. El *jamsin* teñía de ocre el cielo de la capital, dando al paisaje el aspecto de una postal amarillenta. Los instantes que te disponías a vivir ya parecían recuerdos deslucidos. Ajeno a tus pensamientos, el viento había seguido acarreando arena hirviente entre dos desiertos. No buscaste otra explicación a tus ojos húmedos y a la opresión del pecho.

El mismo nombre y el mismo apellido, pero nadie a tu alrededor para pronunciarlos sin destrozarlos. En eso también consiste el exilio. El mismo nombre y el mismo apellido, a eso más o menos se resumía lo único que tenías en común con el hombre que habías sido. Llevabas quince años sin pisar el suelo polvoriento de tu país. Quince años dedicados a olvidar metódicamente la pulpa blanca de los melones de Ismailia, el aparcamiento del Palace y las películas americanas que desfilaban en la lejana pantalla, las cintas de casete de Fairouz y Piaf que tu madre ponía durante las comidas, las calesas que recorrían la Cornisa de Alejandría, el sabor de los primeros erizos de mar del año en la playa de Agami...

Tenías cincuenta años y algo dentro de ti te decía que aquella era la última vez que venías.

Tu madre había muerto tres días antes. La voz quebrada de Nesrine al teléfono te había conmovido aún más, quizá, que la propia noticia. A decir verdad, hacía mucho que te sentías huérfano. Declinaste la invitación a quedarte en casa de tu hermana. Decepcionada, intentó convencerte: así te presentaría a su hijo, le alegraría mucho conocer a su tío. Te viste a ti mismo con su edad, obligado a responder a las preguntas desesperadamente similares de los adultos que te presentaban como los tíos lejanos de tu familia, una de esas familias orientales de contornos extensibles hasta el infinito. Obligado a recitar ante la mirada atenta de tus padres que no te faltaban amigos ni buenas notas en Matemáticas y que querías ser médico («como tu padre», se apresuraban ellos a completar si no te salía de manera espontánea). ¿Quién puede creerse que a un niño de doce años le haga ilusión conversar con un adulto al que no conoce de nada? No contestaste; ella no insistió.

Tal y como le habías hecho prometer, nadie vino a buscarte al aeropuerto. Le pediste en inglés a un taxista que te llevara a la casa de tu infancia, donde ya no vivía ningún miembro de la familia. Tomándote por extranjero, dio muestras de una extraordinaria creatividad para multiplicar los rodeos innecesarios hasta llegar al barrio en el que habías pasado la mayor parte de tu vida. Daba igual, esa noche eras un turista al que nadie esperaba. Trató varias veces de darte conversación en una mezcla chapucera de inglés y árabe, pero tú respondías con educados asentimientos de cabeza, fingiendo no entenderlo cuando se dirigía a ti en una lengua que ya no era la tuya. Al pasar por delante del salón de té Groppi, en la plaza Soliman Pacha, se atrevió a hacer otro intento:

—*Hena Groppi, very good place, look!*

Con el dedo índice doblado, golpeó frenéticamente el cristal de su ventanilla y tú fingiste descubrir la fachada hausmaniana de la pastelería. ¿Cómo iba él a imaginarse la cantidad de helados que habíais tomado allí de niños Nesrine y tú? El «Joséphine Baker», el «Tres cerditos», el «Bola de nieve»... Nesrine siempre pedía el «Bola de nieve». Las baldosas de mármol, la escalera que llevaba al salón de celebraciones, el tintineo de la cubertería de plata... Cuando comprendió que no conseguiría arrancarte una sola palabra, encendió la radio con un clic seco y resignado. Te abandonaste a tus pensamientos y una voz empezó a salmodiar versículos a los que no prestaste atención.

Las exequias se celebrarían al día siguiente. Sin lugar a dudas, allí conocerías al marido de Nesrine. ¿Qué sabía este de las razones por las que te habías marchado? ¿Qué palabras emplearía Nesrine para contárselo? Tal vez se enteró antes de que ella le hablara del tema. ¿Salía tu nombre a relucir en los almuerzos dominicales, cuando alguien repetía la mulujía de Fatheya? ¿Y los amigos de la familia con los que habías crecido, a los que tu padre trataba, a los que tú mismo trataste después? Todo El Cairo estaría allí; o sea, Egipto entero. No es casualidad si los egipcios nunca pronuncian el nombre de su capital; prefieren llamarla «Egipto», confiriendo a su ciudad-país cuanto esa síntesis tiene de impersonal y gigantesca a la vez. ¿Qué pensarían al verte? ¿Qué dirían sus ojos al reparar en ti? ¿De veras ibas a sentirte tan indiferente como quisiste pensar cuando compraste el billete de avión?

27

Lo que había sido la clínica de tu padre mucho antes de convertirse en la tuya era ahora una tienda de ropa. Contemplaste aquel escaparate en el que se alineaban vestidos y trajes remotamente inspirados en la moda occidental. Ahora vendían allí con qué recubrir de manera burda esos cuerpos que antes aprendías a curar. Te quedaste unos segundos observando la vitrina en la que se apelotonaban los maniquíes inexpresivos y luego te diste la vuelta.

A tu madre empezaba a costarle subir por la escalera principal. De modo que había terminado por hacerse a la idea de mudarse a uno de aquellos edificios de los años treinta con ascensor. Horrorizada ante la perspectiva de bajar de categoría, se negó a deshacerse de la casa señorial de Dokki. La había convertido en apartamentos de alquiler. Además del local comercial del bajo, en total había cuatro viviendas: dos por piso. Solo una de ellas, en el segundo, seguía libre. Incapaz de decidirse a abandonar por completo el lugar, tu madre la había conservado para las visitas. Al menos eso decía ella, porque, en realidad, nadie antes que tú había dormido allí.

Nesrine no te dijo que quisiera abrir contigo la puerta de aquellos últimos metros cuadrados en los que tu madre ya no reinaría. No te hallaste en la tesitura de tener que responderle que preferías volver solo. No os habíais dicho nada de lo que de verdad importaba. Se había limitado a darle la llave al portero.

Abriste la puerta de la entrada dubitativo, con el abrigo de los turistas que toman el mes de marzo en El Cairo por más frío de lo que es. Me habría gustado interpretar con seguridad la expresión de tu cara. Medir con exactitud cuánto había de cansancio, de nostalgia, de tristeza, de apresuramiento, de renuncia o de indiferencia en cada uno de tus movimientos. Antes de que me diera tiempo a hacerlo, te transformaste en sombra y seguiste torpemente a la del portero hasta desaparecer en el edificio de paredes ennegrecidas por el tiempo.

Hacía cuatro años que tu madre se había mudado y, sin embargo, habrías jurado que su olor impregnaba aún aquella casa. Nunca quiso cambiar de perfume. Aunque Caron llevaba años sin producir su Infini, ella consiguió procurárselo, Dios sabe cómo, hasta el último momento. Nada podía con su voluntad; Infini le convenía a la perfección. Abriste del todo la persiana y el aire de la calle se precipitó dentro como un ejército enemigo por la primera brecha de un imperio en declive.

El apartamento parecía más grande que el que ocupabas ahora en Montreal, y te costó creer que se tratara de la mitad de la planta que en otro tiempo compartían tu hermana y tu madre, encima de aquella en la que vivíais Mira y tú. Te sentaste en el sofá que quedaba de espaldas a la ventana. Desde el exterior era objetivamente imposible distinguir si acariciabas el asiento, como en busca de un resto de calor humano que la muerte hubiera olvidado llevarse consigo, y, sin embargo, estoy seguro de que lo vi. Con los ojos cerrados, te adivinaba moviéndote por aquellas estancias, tratando de rememorar los lugares tal y como los habías conocido. Aquí, un pasillo reducido para hacer un cuarto de baño; allí, una habitación que ocupaba la mitad del espacio del antiguo dormitorio principal.

Yo nunca había estado tan cerca de lo que imaginaba; en verdad, era como si estuviera allí. Empujaste la puerta; la habitación estaba recogida. ¿Quién había hecho la cama por última vez? Fatheya, sin duda. Tu mirada se negaba a aferrarse a ninguna baratija, cansada de buscar qué había cambiado en quince años. Sentiste un escalofrío de culpabilidad bajándote furtivamente desde la nuca por la columna vertebral: de pequeño no tenías permiso para entrar en la habitación de tus padres si ellos no estaban. Diste unos pasos hacia una cocina que en aquella época no existía. Todo se hallaba cuidadosamente ordenado, excepto una pila de cartas sobre la mesa.

Tu nombre estaba escrito con la misma letra en cada uno de los sobres. La esquina superior izquierda albergaba la dirección del emisor. Y su nombre: Ali.

Te sentaste despacio, como si la estancia estuviera llena de materias peligrosas que un movimiento en falso pudiera derramar. El reloj de bolsillo de tu padre estaba colocado encima del montón de sobres para impedir que se volaran. Justo al lado, una cazuelita de *umm ali*. Quien los hubiera puesto allí, sabía lo que hacía. Al ponerlos allí, yo sabía lo que hacía. Mi corazón era un pájaro cuya cautividad se había vuelto de pronto intolerable, proyectándose violentamente contra las paredes de su caja torácica. Sé que al tuyo le pasaba igual y que en ese preciso instante ambos latían al mismo ritmo frenético e irregular. Cada uno por sus propias razones.

Las cartas estaban apiladas por orden cronológico, la más antigua encima de la montaña. No tenía dirección de destino. Se le había añadido una fecha escrita a mano. Por otra mano. Marzo de 1991. Siete años después de la muerte de Ali. Siete años después de que te marcharas a Montreal. La más reciente se había enviado por correo. El matasellos indicaba «Octubre de 1995».

De repente te sentiste espiado, dominado por el presentimiento de que el autor de aquella puesta en escena podía encontrarse todavía en el apartamento. Las patas de tu silla hicieron gemir las tablas del suelo. Corriste a buscar al posible intruso que te había estado observando desde tu llegada. Al entrar en la habitación de tu madre, el niño que antaño debía amortiguar sus pisadas para que no delataran su presencia había dado paso a la fiera en busca de una presa escondida. Tu mano abría con violencia los armarios, hinchando de aire los tejidos tomados por sorpresa, arrastrando las perchas por la barra con un chirrido. Metal contra metal. Todo te parecía sospechoso. Forcejeaste con una llave en la cerradura de un gran cofre vacío. Metal contra metal. Los picaportes cedían a tus embates. Metal. Terminaste por convencerte de que estabas solo en el piso. Solo con las cartas. No era el lugar para leerlas. Las metiste en un sobre que contenía cosas sin importancia, porque ya nada la tenía. Un rastro de Infini reinaba en el aire, obstinado y embriagador. Metálico.

Cerraste la puerta del apartamento con desconfianza. Te movías nerviosamente, te sentías vulnerable de espaldas al pasillo. Una vecina abrió la puerta de su casa en la primera planta. Te sobresaltaste. Yo acechaba tu salida del edificio.

Así es como iban a ocurrir las cosas: yo fingiría estar allí por casualidad. Me acercaría a ti, te preguntaría el camino. ¿Tenía que ser una dirección que recordaras? Había llegado a la conclusión de que sí; así te detendrías para visualizarla y empezar a indicármela. Pero no debía parecerte sospechosa. No, todo menos eso. Una dirección insignificante. Eso es, una dirección insignificante que supieras ubicar. Yo te robaría ese instante de reflexión. Te robaría una mirada, algunas palabras, el olor de tu aliento. Tendrían para mí el mismo valor que el que podían tener para ti las cartas de las que acababa de desprenderme. Sería un intercambio equitativo. ¿Te asaltaría la duda cuando me vieras? ¿Una especie de presentimiento? ¿El instinto? Yo encontraría entonces, al fondo de tu mirada incrédula, el valor para proponerte tomar algo en un lugar tranquilo y hablaríamos. Te lo contaría todo. Todo lo que sabía. Todo lo que me había figurado. Te hablaría de tu ausencia. Te hablaría de mi espera. Tú me explicarías por qué. Sería como nacer otra vez y tú estarías presente. Vendría al mundo de una vez por todas. Sobre todo, no llorar antes de habértelo dicho todo. No antes de haberte dicho «papá». No antes de que me dijeras «hijo mío».

§

Te vi en la puerta. Saliste. Me acerqué para preguntarte el camino. Las palabras se me atropellaron en la mente. Todas querían alcanzarte, pero no salió ninguna. Me apartaste con fuerza. Ibas casi corriendo. No te volviste. Desapareciste. Consciente de que acababa de perder la primera oportunidad de hablar contigo, dejé que este cuerpo que no había sido capaz de emitir la más mínima frase cuando aún estaba a tiempo se desplomara. Habría querido disolverme en mi propia impotencia.

Yo

28

El Cairo, 1996

Todas las cartas habían sido abiertas. Las más antiguas por tu madre, mi abuela, Mémie; las más recientes por mí. Las descubrí amontonadas en el mismo cajón. Las he leído tantas veces que sería capaz de recitarlas. No siempre las comprendía, pero hablaban de ti: con eso me bastaba para recordarlas.

Nos fuimos con Mémie cuando se mudó. Por fin habíamos encontrado una vivienda que correspondía a sus necesidades: de una sola planta y con ascensor. Mi madre y yo vivíamos en el ala derecha, que disponía de una habitación de invitados en la que a veces la tía Nesrine se quedaba a dormir; Mémie ocupaba el otro extremo. Las dos alas se comunicaban entre sí por las estancias centrales: salón, cocina, saloncito, comedor y cuarto de baño. Los muebles que habíamos traído de Dokki parecían desproporcionados para aquel piso, que era, no obstante, de tamaño considerable. Hacía falta haber conocido la casa señorial para comprender la presencia en el comedor de aquella imponente lámpara de araña de dimensiones desmesuradas para la escasa altura del techo. Los platos chocaban a menudo con los caireles de cristal produciendo un tintineo que exasperaba a la abuela.

Me gustaba deambular por su apartamento cuando no estaba. Me apoyaba en la pared de su dormitorio por fuera con un libro en la mano hasta que llegaba ella. Nada justificaba mi presencia; nada la prohibía tampoco. Eso me bastaba. Aún no había cumplido doce años cuando hurgué por primera vez en su cajón. Por lo general estaba cerrado; ese día, sin embargo, Mémie se había dejado la llave en la cerradura. No era habitual que cometiera esa clase de descuidos. Fue entonces cuando descubrí las cartas. No recuerdo la fecha exacta, debió de coincidir aproximadamente con la de la más reciente. Me quedé con la llave del cajón. Temía que Mémie se diera cuenta, pero nunca dijo nada. La verdad es que no me sentía demasiado culpable. Era consciente de que nadie debía verme allí, de que el hecho de que me pillaran leyendo aquellas cartas solo podría volverse en mi contra, y aun así, no me parecía estar haciendo nada malo. Sería más bochornoso para la persona que me sorprendiera. Al fin y al cabo, las cartas me pertenecían en cierto modo: ¿acaso no era yo lo mejor que habían encontrado en casa para colmar tu inefable ausencia?

Fue más adelante cuando me pregunté si no estarían en realidad las tres al tanto de mis lecturas clandestinas en el dormitorio de la abuela; una especie de montaje que las habría unido sin que yo supiera nada, una distracción en aquel asfixiante teatro que todos los días pasaba la misma función: una sola obra en la que prácticamente no ocurría nada y que podría haber durado toda una vida. Apenas envejecidas, las actrices se habrían esmerado en recitar su papel, en perderse en vanas peripecias que no estaban al servicio de ninguna trama.

Mémie la combativa, actriz trágica por excelencia. A la que su hija apodaba «Napoleona», sin duda tanto por sus métodos autoritarios como por su porte nervioso y regordete. La que habría pasado a la historia por sus dramas épicos, sus conquistas gloriosas y sus alianzas rotas con diablos, papas y emperadores —por no citar más que unos ejemplos— si el destino le hubiese concedido el estatus predestinado por su carácter. La que, al no haber nacido emperatriz, se conformaba con ejercer su influencia en la reducida esfera de su entorno más inmediato. Cruel torpeza de la Historia, aquella.

Nesrine, su hija, tu hermana, mi tía: la sempiterna actriz de reparto. La que tuvo intuición para irse, casarse (inútil redundancia: ¿cómo puede marcharse de casa en el Egipto de finales del milenio una joven egipcia si no es casándose?), tener un hijo, buscar en otra parte el oxígeno y la luz que en la casa familiar menguaban poco a poco y compartirlos conmigo durante sus visitas. La que supo cumplir con lo poco que se esperaba de ella y logró conservar el alma despierta y la sonrisa traviesa.

Mamá, Mira-Diáfana, joven adelantada venida a menos, resignada sin que nunca se supiera cómo ni por qué. La dulzura suspicaz, el rostro apagado por temor a iluminar las arrugas surcadas por la decepción. Aquella a la que el alma se le había vaciado de cualquier alegría, como el trapo que escurrimos después de utilizarlo. La que daba pena, la que no se merecía eso. Como si la felicidad se otorgara por méritos, con un ajuste contable en el que una cosa recompensara a la otra en su justa medida.

Y Fatheya, la apuntadora de mi teatro. A la que pagábamos —pues el vínculo transaccional lo resume casi todo—. La que estaba allí para *hacer* (palabra que Mémie juzgaba con severidad cuando la veía en mis redacciones de lengua por abarcar un número inimaginable de realidades hasta el punto de, según ella, no significar nada). Hacer la cama, la comida, la colada, la compra, reverencias a la señora y té para los invitados. Prestando atención a los flecos de la alfombra y a las copas de cristal. Haciendo el menor ruido posible.

En el fondo, lo trágico de esta obra era que le faltaba siempre el único y verdadero protagonista: tú.

En cuanto a mí, mi función se limitaba a recordarles tu ausencia. Y el paso del tiempo. Yo era su luz, su motivo de maravilla, su tema de conversación. A veces, el objeto de sus preocupaciones. Era una extensión de ellas, algo así como una segunda oportunidad, su base, una excusa para verse, un pretexto para telefonearse. Era su culpabilidad, sus renuncias, sus pequeñas cobardías. Su mala conciencia. Nunca me lo dijeron, mas, de una forma u otra, sé que me parecía a ti.

Yo no comprendía esas cartas, sin embargo me gustaban. Hablaban de ti. Aún no podía darme cuenta, pero eran vergonzosas y sublimes a la vez. Escritas en el árabe desmañado del que ha debido de aprender a escribirlo tarde, vacilaban en el trazo, maltrataban la sintaxis, rezumaban esfuerzo, duda, sudor. En cada palabra encerraban el temor a parecer ridículas, a perderse, a que las interceptaran, a no llegar nunca hasta ti. Olían a papel barato, tachadura y resignación. Nunca decían «Te quiero».

Todas decían «Te quiero». Nunca decían lo que realmente decían, pero yo era demasiado pequeño para leer entre líneas.

Empezaban así: «Tarek, espero que estés bien. Tu madre me ha dicho que te lo ha contado todo, que Dios la bendiga. Me ha dicho que eras feliz y que lo has entendido». O bien así: «Tarek, me he enterado de que eres un médico importante allí. Entiendo que no tengas tiempo para contestarme. Espero que no me guardes rencor». En una de ellas aparecía esta frase, que contrastaba con las demás: «¿Sigues creyendo en los fotones entrelazados?». Todas terminaban con tres letras: Ali.

§

Aquella tarde de abril estaba sentado en el suelo de la habitación de Mémie. Hacía varias semanas que había dado con la correspondencia. El marco rectangular de la ventana se deformaba en el suelo en una mancha de luz, liberados los contornos de los ángulos rectos originales. Me gustaba aquella luz. Extendía los brazos y le presentaba las hojas de una misiva. Entonces, traicionadas por la pésima calidad del papel, se volvían translúcidas y revelaban el revés de las líneas manuscritas por el otro lado. De una página a otra, descubría la separación cambiante entre las palabras y la irregularidad de una letra que se iba haciendo más apretada conforme se reducía el espacio disponible. Volvía a encontrarme con el trazo cansado de las últimas cartas, en las que la renuncia a cualquier esperanza de respuesta se apreciaba hasta en la caligrafía del autor. Luz cruel. Estaba intentando adivinar las palabras escritas en el reverso de una página cuando irrumpió la voz amortiguada de Fatheya:

—¡Rafik, date prisa, que viene Mémie!

Reuní las cartas corriendo, doblé las hojas de papel por donde no era, lástima si se notaban las marcas, cerré el cajón de golpe y me alejé del mueble delator.

—¿Qué haces tú aquí?

No contesté. No podía negar mi presencia, estaba allí. Innegablemente allí. Culpablemente allí. Cualquier palabra habría jugado en mi contra. Mémie me miró, alzándose junto a su cama como un palomar improbable en una carretera desierta. Me escrutó la cara. Era una tumba. Me inspeccionó las manos. Estaban vacías. Sentí que le pasaba por la cabeza una especie de inquietud. Una intuición repentina. Volvió a mirarme la cara y las manos. Las ventanas de la nariz se le estremecieron con un olisqueo suspicaz. Fue hacia el tocador, abrió los frascos, desplazó los esmaltes de uñas, destapó las barras de labios. Todo estaba en su sitio. Pareció recuperar la calma, en lugar de lo que estaba buscando. La respiración se le ralentizó hasta recobrar el ritmo habitual. Me echó de allí con un movimiento de cabeza. Se había dictado sentencia, y era de una clemencia inesperada. Salí.

§

Lo cierto es que Mémie tenía otros asuntos que atender. Jacques Chirac había escogido El Líbano y Egipto para su primera visita a Oriente Medio, y como ella era libanesa de nacimiento, egipcia de presencia y, sobre todo, francesa de trascendencia, tenía la mente puesta en aquella noticia.

De hecho, unas semanas antes había ido al cuartel vecino, donde la banda militar estaba ensayando una penosa «Marsellesa» , para llevarles galletas de pistacho y rogarles que tocaran la partitura del himno francés con un poco más de respeto. O sea, que hacía falta mucho más que una simple infracción en su dormitorio para empañar su estado de ánimo.

Tras echarme, terminó de acicalarse y se hundió en el sillón del salón para escuchar, con la mejor predisposición, al mandatario francés, que se dirigía a ella por partida triple. Era el quinto y último día que retransmitían la gira regional y no estaba dispuesta a perderse un solo detalle. Exasperada por la voz que traducía las palabras presidenciales al árabe, trataba de distinguir las frases en la lengua original.

—Hay países que nos llegan más que otros —continuaba—, que nos atraen, que nos inspiran. Países cuya historia, genio y patrimonio nos hacen soñar, nos provocan admiración, nos emocionan. Entre esos países, Egipto figura en primer lugar...

—¡Y Francia! —exclamó ella, exultante en su salón, como si le devolviera un cumplido que le acabara de hacer a ella.

En la cocina contigua, Fatheya repetía fonéticamente: «¡Y Francia! ¡Y Francia!», mientras alzaba el índice con patriotismo, imitando a su señora. Me miró, segura del efecto, y me dio una palmadita en la nuca. Era su forma de absolverme.

—¡Y la próxima vez, ten más cuidado!

Las frases de Fatheya tendían a adoptar aspecto de advertencia o de reproche, pero todas escondían la misma ternura preocupada. Por sibilina que fuese, «tener cuidado» era, de hecho, la advertencia que más me hacía desde que era pequeño. Los peligros que cubría abarcaban desde el adulto que pudiera abordarme por la calle hasta el aire con el que pudiera coger frío, y me acechaban a partir del momento en que ponía un pie fuera del domicilio familiar. Ahora que lo pienso, creo que era la primera vez que me decía que tuviera cuidado *dentro* de casa.

—Estaba leyendo unas cartas de mi padre... Bueno, unas cartas dirigidas a mi padre. Te lo cuento, pero sé que ya lo sabes...

Se puso a sacarle brillo a la nevera para no contestarme.

—¿Por qué no le mandaron las cartas? Algunas son antiguas. De hace varios años, incluso. Mémie sabe dónde vive, ¿no?

La nevera nunca había estado tan limpia, pero el trapo de Fatheya prolongaba su danza frenética. Continué con mi monólogo:

—¿Quién es Ali?

El trapo se quedó paralizado en el aire.

—¡Me estás poniendo de los nervios!

—Sabías lo de las cartas.

—¿Qué quieres que te diga?

—¿Crees que me parezco a mi padre?

Se mostró sorprendida.

—Eres igual de cabezota que él...

No averiguaría nada más ese día. Salí de la cocina con sigilo. La abuela me daba la espalda, demasiado ocupada en beberse las palabras de su presidente del alma para reparar en mi presencia. Este le ofrecía la quimera de un

Egipto vuelto hacia Europa, de un mundo mejor aún por construir. Aquel mundo se parecía tremendamente al de ayer, que ella tanto había amado y que había desaparecido para siempre. El discurso se prolongaría unos minutos más antes de devolverla a la realidad de su país, vaciado de su francofonía desde la marcha de sus congéneres. La dejé con sus ilusiones.

§

Lo que sé de ti me lo contó Fatheya. Esperábamos a que las demás mujeres de la casa tuvieran que salir a sus actividades respectivas para hacerle yo mis preguntas. Cogía la mochila y los cuadernos para poder valerme de los deberes como pretexto si nos sorprendían y me sentaba a la mesa de la cocina mientras ella preparaba la comida. Verme pasar tanto tiempo con la criada tenía a Mémie con la mosca detrás de la oreja, pero yo me apresuraba a tranquilizarla alegando que alguien tenía que vigilar a Fatheya para que no se le fuera la mano con las especias. Todos coincidíamos en que echaba más de la cuenta, así que aquello me daba una buena excusa. Lo que sé de ti olía a ajo y anís.

Fatheya hablaba como esas mujeres acostumbradas a que nadie las escuche que de repente descubren que tienen público siendo ya mayores. Decía cuanto se le pasaba por la cabeza, me enseñaba expresiones del argot, me contaba su desesperación el día en que murió Abdel Halim Hafez («Más de una se tiró por el balcón, ¿sabes? El amor, el terruño, la religión… era el único capaz de cantarlo todo»), compartía las estratagemas que empleaba para ahuyentar a las gallinas que se colaban en la casa («¡Ni te imaginas la de plumas que pierden esos bicharracos cuando les entra el pánico!»), y me habría costado mucho dar con algo sobre lo que no tuviera ya una opinión formada y definitiva. No obstante, rara vez hablaba de sí misma. ¿Cómo eran los hombres a los que había deseado? ¿De dónde salían los niños que le habían desgarrado el lóbulo tirándole de los pendientes? Nunca decía nada al respecto. Prefería relatarme las mezquindades cotidianas de Mémie, tema por el que sentía una predilección desmedida y que abordaba siempre con un «No debería contártelo, pero...», su umbral imprescindible de cautela retórica para entrar en recriminaciones contra la señora de la casa. Sabía que no le iría con el cuento a la abuela. Yo era su válvula de escape; y ella, el desvío que llevaba hasta ti. Hacíamos un trueque. Yo trataba de que se focalizara en ti, el único tema que me importaba de verdad, aunque era consciente de que no existía dique capaz de contener el torrente digresivo de Fatheya cuando estaba inspirada. Hablaba igual que cocinaba: la cantidad primaba sobre el equilibrio de sabores. Su especialidad eran los platos en los que no importara mucho el tiempo de cocción. Yo escuchaba pacientemente sus anécdotas sobre las gallinas con la esperanza de que en algún momento aparecieras en ellas.

No me atrevía a hacer preguntas sobre ti al resto de la familia. Me daba cuenta del efecto que producían: el rencor de mamá, el ceño fruncido de Mémie y, en el caso de Nesrine, una especie de malestar. Imaginaba que había existido una época en la que la evocación de tu nombre solo despertaba en ellas orgullo y amor. ¿Pero qué habías hecho para provocar aquel cambio? Cuando descubrí las cartas que la abuela guardaba bajo llave, supe que contenían parte de la respuesta. Evitaba mencionar su existencia por miedo a convertirme a mi vez en objeto del mismo desamor. Para reducir el riesgo de contagio, decidí conformarme con lo que habían tenido a bien contarme durante mi niñez:

Que te llamabas Tarek.

Que eras el primogénito.

Que eras médico (igual que tu padre).

Que te habías ido a Canadá.

Que estaba muy bien así.

De modo que solo podía recurrir a Fatheya para tratar de averiguar algo más sobre aquel padre que la vida me negaba. Siguiendo sus indicaciones dispersas, mi mano casi adolescente pintaba lo mejor que podía un retrato puntillista. Fatheya se repetía mucho, a veces se contradecía, y nunca lo reconocía. Adaptaba el relato a mi estado de ánimo. Te elevabas por encima de todos cuando intuía que lo necesitaba. Eras egoísta y un poco culpable cuando consideraba que era capaz de afrontarlo. Antes de dormir me surgían nuevas preguntas. Me las repetía para no olvidarlas y luego las guardaba en el mismo cajón mental que las cartas de Ali. Tanto las primeras como las segundas habían quedado huérfanas de tus respuestas. Fatheya nunca se negaba a responderme. Es cierto que a veces intentaba esquivar el tema, pero con sus torpes evasivas no conseguía engañar al niño obstinado que yo era. Durante mucho tiempo creí que solo debía sus confidencias a la ternura que sentía por mí, aunque, pensándolo bien, me parece que también le servían de desahogo.

—Y, dime, ¿sabía que yo existía cuando se fue?

La única vez que me atreví a preguntárselo a mi madre, se puso tan furiosa que se me quitaron las ganas de volver a intentarlo en mucho tiempo. Años después, probé suerte con Fatheya. Adopté un tono distante. Mi pregunta tenía que parecer anodina y perderse entre las demás, como un paseante por las tortuosas calles de Jan El Jalili. Fatheya negó con la cabeza.

—¿Y lo sabe ahora?

—No, Rafik.

—¿Por qué nadie se lo dice?

—No lo sé. Tu madre no quería, nos prohibió que le mencionáramos tu existencia. Era eso o no te veríamos más. Yo pensaba que Nesrine le hablaría del tema cuando fuera a verlo, pero al final ella y tu abuela hicieron lo que quería Mira. Todo el mundo decía que tarde o temprano regresaría, que tu madre se lo contaría en ese momento. Bueno, supongo. Después de todo, era asunto suyo, ¿entiendes?

No lo entendía, pero asentí. Hubo un silencio. Se quedó sin saber qué decir; yo pensaba en lo que implicaban sus últimas palabras.

—En realidad, puede que sea mejor así. Eso significa que no me abandonó. No se abandona a alguien que no existe.

—¡Ay, sí! A bastante gente ha abandonado ya, oye. A tu madre, a Mémie…, a todos los que confiaban en él.

—¿Crees que se habría marchado si hubiese sabido que existía?

—Me haces cada pregunta… ¿Cómo quieres que lo sepa? Creo que se fue porque no le quedaba otra. La situación se estaba complicando.

—¿Por culpa de Ali?

Todas las arrugas del rostro de Fatheya se accionaron en un gesto de advertencia:

—¡Ni se te ocurra repetir ese nombre delante de Mémie! Ni de nadie más, ¿me oyes? Te vas a meter en un lío, ¡y a mí también!

—Entonces ¿es por culpa de Ali?

—Sí, sí, eso es...

—¿No me vas a decir quién es?

29

He tenido que empezar a escribirte para que me viniera este recuerdo. Debe de haber una explicación para esos detalles en apariencia insignificantes pero que olvidamos olvidar. Íbamos camino de la playa de Montaza. Mémie aseguraba que lo único que soportaba en verano era el aire de Alejandría. Ella llegaba uno o dos días antes que nosotros con Nesrine, su marido y su hijo para preparar el apartamento. No sé muy bien en qué consistía eso ni por qué no se le encargaba esta tarea a Fatheya, pero a todo el mundo parecía convenirle.

Nosotros salíamos temprano y comíamos en el coche mientras mi madre conducía. El comienzo de las vacaciones sabía a La Vaca que ríe untado de cualquier manera en un pan de pita que Fatheya espolvoreaba perezosamente con *zaatar* para dar la impresión de que había cocinado algo. En cada gasolinera tenía derecho a elegir una chuchería: un contrato tácito para que me portara bien. Fatheya me llevaba a la tienda mientras mamá llenaba el depósito. Los barquillos de vainilla venían en paquetes de seis, envasados de dos en dos. Incluso así, eran más baratos que las barras de chocolate de importación occidental que vendían por unidades. Aquello bastaba para que Fatheya eligiera por mí en nombre del argumento incontestable de que así le sacábamos partido a nuestro dinero. Los charcos de gasolina irisaban el asfalto con tonalidades metálicas. Fatheya aseguraba que con el calor que hacía podían arder en cualquier momento y provocar un incendio capaz de arrasar con toda la gasolinera (lo había visto en la televisión). Yo ponía mucho cuidado en no pisarlos con las sandalias. Saltaba por entre los efluvios embriagadores del carburante como si bailara sobre un volcán. Me limpiaba con el dorso de la mano las migas de barquillo pegadas a las comisuras de los labios. Fatheya alababa ante mi madre la elección de la chuchería, que me atribuía a mí. Le sacábamos partido a nuestro dinero. Yo tenía seis años.

Nada más llegar nos dirigíamos al apartamento para dejar allí nuestras maletas. Fatheya retomaba su forma humana progresivamente, después de que una caminata de varias docenas de metros la licuara casi por completo. Se quedaba dándose una ducha y terminando de limpiar la casa antes de reunirse con nosotros en la playa. Nesrine y Mémie descansaban en unas tumbonas colocadas sobre la pequeña plataforma de cemento en la que se alzaba nuestra caseta. Decíamos «caseta», pero en realidad se trataba de un pequeño bungaló blanco en el que había una cocina, un baño y algunas alacenas, y que estaba separado de los demás por una valla de madera pintada de verde. Recuerdo que no había que tocarla para no clavarse una astilla en el dedo. Ese día quise sorprender a mi tía acercándome corriendo y poniéndole las manos en los hombros, pero se me escapó un gritito nervioso que delató mi presencia y solo me sobresaltó a mí. Nesrine y Mémie se volvieron, yo dejé la bolsa de playa a los pies de mamá y me precipité hacia ellas.

No me acuerdo exactamente de la hora en la que todo empezó a encadenarse. Me había estado bañando con Nesrine y aún tenía en el fondo de la garganta el sabor salado del agua tragada sin querer. Había aprendido a ponerle torres a mi castillo de arena gracias al cubo de plástico, que llenaba de granos ni muy húmedos ni muy secos para que se desmoldaran a la perfección. Me disponía a cavar los fosos con ayuda de la pala de plástico para que las olas más fuertes rodearan de agua mi ilustre edificio. Estas llegaban por un largo canal en pendiente y se partían en dos a la altura del castillo, al que terminaban rodeando. Yo acechaba el instante en el que la corriente de la derecha se uniría a la de la izquierda durante una fracción de segundo, antes de que la arena las absorbiera.

Mamá hablaba con Mémie bajo la sombrilla a la entrada de la caseta; mi primo dormía en el carrito, arrullado por sus voces. Nesrine había puesto su tumbona a unos metros de allí, desde donde me vigilaba y me mojaba el pelo cada treinta minutos para que no me diera una insolación. Como me había repetido mi madre, el sol era malo a esa hora. Se trataba sin duda de una de sus frases preferidas. Fatheya se la tomaba prestada con regularidad, marcando así a la vez su lealtad indiscutible y la atención que mostraba por el bienestar de su hijo. Yo no habría sido capaz de decir a qué momento exacto del día se referían; a esa edad tenía siempre a una mujer al lado para preocuparse de si el sol era malo.

Nesrine sacó una cámara de fotos del bolso y agitó la mano para que la mirara. Yo posé con elegancia delante de mi castillo, que se desmoronaba tristemente, erosionado por los sucesivos asaltos del agua. Mientras Nesrine ajustaba el objetivo, vi que mi madre saltaba de su tumbona y echaba a andar a toda velocidad hacia nosotros. El viento en su pareo ampliaba el nerviosismo de sus pasos.

—¿Se puede saber qué estás haciendo? —apostrofó a su cuñada, que no la vio llegar porque estaba de espaldas.

Nesrine indicó con un gesto que no entendía la pregunta.

—¿Y eso? —retomó mi madre señalando con el mentón la cámara analógica que mi tía llevaba colgada del cuello.

—Pues estamos sacando fotos, Mira. ¿Qué te pasa?

—Es para mandárselas a él, ¿no?

Mira-Deflagración. Me quedé de piedra. Indiferentes a mi estado, prosiguieron con su disputa, de la que yo no comprendía gran cosa excepto la identidad de *él*, que no dejaba lugar a dudas ni siquiera para el niño de seis años que era. Notaba cómo me latía el corazón y temía el momento en que terminaran por recordar que estaba delante. Estuve aguantándome las ganas de emitir cualquier sonido por temor a que la ira recayera sobre mí hasta que vi a Fatheya acercarse a nosotros. Venía del apartamento y apretó el paso cuando percibió la tensión a lo lejos. Se hallaba solo a unos metros cuando sentí que se me saltaban las lágrimas. Se me hizo un nudo en la garganta y se me escapó un quejido de niño. Con entusiasmo fingido, me propuso ir a buscar conchitas. Como su intento de distracción no produjo respuesta, me tomó del brazo y me alejó de la tragedia. Por una vez, dejó que caminara por la orilla, allí donde las olas terminaban su recorrido. En circunstancias normales, a Fatheya, que no sabía nadar, le aterrorizaba la idea de que yo me bañara. Probablemente presentía que aquella sería mi última oportunidad para disfrutar del mar en todas las vacaciones. Cada vez que una ola me mojaba el tobillo, yo encogía los dedos de los pies a fin de retener la mayor cantidad posible de arena.

Cuando volvimos al apartamento, mi madre me indicó que no deshiciera las maletas; regresaríamos a El Cairo por la mañana. No sé qué se dirían en mi ausencia, pero nadie intercambió una palabra durante la velada. Mémie pretextó una migraña para retirarse; mi tío se mostró tan poco comunicativo como de costumbre. Mi primo proseguía su siesta en el carrito. Insensible a la electricidad de la que se había cargado el ambiente, dormía ebrio de sueño. Ebrio de sol, ebrio de despreocupación, ebrio de tener tres años, unos padres unidos y no enterarse de nada. Por la boca indolente se le escapaba un hilillo de baba que alguien le limpiaría sin falta al rato.

El resto de las vacaciones lo pasé en un campamento *scout* de Wadi El-Nil, en Heliópolis. Pantalones cortos, calcetines largos y pañoleta al cuello, el verano transcurriría saludando la bandera en árabe, lavando platos abollados y educando la vejiga, puesta a prueba por interminables caminatas. Movía los labios para que creyeran que me sabía las canciones aquellas de letras intercambiables, pues prefería emplear la mente en trazar un plan para que no me apuntaran al año siguiente. Incluso cuando no estabas, conseguías arruinarme las vacaciones.

30

Montreal, 2000

—Correo para usted, doc.

Ella le habla en inglés, sin levantar la vista. Cuanto dice tiene el tono distante de una conversación administrativa, incluso cuando recurre al humor.

—Los resultados de tres pruebas y una carta de amor —enumera ella—. Ya era hora de que conociera a alguien. ¡Un buen partido como usted!

Es cuando rompe a reír, cuando la cara se le vuelve expresiva. La carcajada termina en un acceso de tos. Intenta ponerle fin cubriéndola con una retahíla de improperios sacados de un repertorio inagotable y luego se recompone:

—¡Cuide bien de ella, doc! Tiene una letra muy bonita.

La risa y la tos se alejan por el pasillo. Se alimentan mutuamente y disimulan el chirrido de las ruedas del carrito del correo. Cada vez que espira es como si retirara a paladas el alquitrán que los años de cigarrillos le han ido depositando en las vías respiratorias.

—Cuídese usted también, Viviane. Y deje de fumar, que no es bueno.

En efecto, hay tres sobres de correo interno con resultados médicos y otro amarillo claro en el que aparecen sus señas escritas a mano. Tarek coge este último; la carta que contiene está en árabe.

El Cairo, 23 de marzo de 2000

Doctor:

Permítame que me presente: soy periodista independiente y estoy realizando un reportaje sobre médicos egipcios en el mundo. Me gustaría entrevistarlo. ¿Tendría un momento para que le exponga el proyecto? Le estaría muy agradecido.

Saludos cordiales,

Ahmed Naguib

La letra es pulcra, el papel no lleva membrete. Un pliegue en la frente acompaña la lectura. Lo que le ensombrece el rostro no es tanto el apellido del remitente —que no le suena de nada—, como la visión de los caracteres árabes que forman el nombre de su ciudad natal. El Cairo. No la vuelve a leer, la arruga con calma y la tira a la papelera.

31

El Cairo, 1998

Habían pasado dos años. Dos años tratando de reconstruir tu vida de progenitor fantasma al que me estaba tácitamente prohibido mencionar. Fatheya seguía destilando sus historias para mí, escogiendo meticulosamente los fragmentos que le parecían narrables, recargando de detalles incoherentes o cuando menos inútiles cada nueva versión. Empezaba a estar aburrido de sus anécdotas, que hablaban más de ella que de ti. Cada vez me sonaban más a una mala excusa para que le hiciera compañía. Algunas fotos tuyas se habían salvado de milagro del frenesí purificador de mi madre. Parecías alto, con el pelo oscuro, las mejillas hundidas y la nariz ligeramente aquilina. Por lo demás, tu aspecto difería mucho de una foto a otra y estaba cansado de buscarte rasgos que pudieras compartir conmigo. Tenía las cartas, enviadas por un hombre cuya identidad era aún más volátil que las migajas que con tanto esfuerzo había conseguido reunir sobre ti. No era mucho. Estaba a punto de renunciar a la idea de remendar aquella tela de retales diversos cuando un incidente lo trastocó todo.

Como era bastante aplicado en el colegio, me había clasificado discretamente en la categoría de los buenos alumnos que no dan guerra. Un profesor que pensaba que iba adelantado respecto a mis compañeros le propuso a mi madre pasarme de curso, cosa que declinó de inmediato. Estaba tan obsesionada con que fuéramos «como todo el mundo» que para ella era inconcebible que me saliese del camino ordinario. Mira-Fin-de-Transmisión. La abuela se puso de su parte, si bien por razones distintas: prefería que fuera el mejor de mi clase que un alumno mediocre en un curso superior. Se limitó a comentar mi precocidad con un enigmático «de casta le viene al galgo», cumplido que parecía más dirigido a sí misma que a mí. De modo que, para complacerlas a ambas, me esmeré en sacar buenas notas sin llamar la atención. Tanto es así que, a finales de curso, era normal que más de un tercio de la clase siguiera sin saber cómo me llamaba. Yo había renunciado a buscar puntos en común con mis compañeros, y su indiferencia hacia mí acabó resultándome cómoda. Pero no había contado con la determinación de Fatheya de acompañar mi evolución hormonal como era debido.

Obsesionada con la pelusilla que me había salido sobre el labio superior, llevaba algunos meses intentando convencerme de que me la afeitara. Se había encargado de garantizarme su apoyo logístico y moral cuando me sintiera preparado. Fue más un anuncio que una propuesta. Yo dudaba. Mi entusiasmo al respecto distaba mucho del suyo y no veía la utilidad de iniciar un ritual que parecía causar a los hombres más molestias que satisfacción. Temía sobre todo entrar en una espiral interminable, al estilo de la sempiterna *halawa* que Fatheya preparaba para la depilación con azúcar de mi madre. Es más, los gemidos lanzados en el secreto de un cuarto de baño requisado para el ejercicio se contaban entre los misterios más angustiosos de mi infancia.

Fatheya tomó la iniciativa. Harta de mis dilaciones, me regaló una botella de Chabrawichi 555 por mi decimocuarto cumpleaños. Seguía conservando la costumbre, cada vez más desagradable para mí, de entrar en mi cuarto sin llamar a la hora que fuera, y se presentó en mi habitación cuando me estaba despertando.

—¡Feliz cumpleaños, Rafik!

—Es dentro de dos meses...

—Lo sé, cielo, pero naciste en julio y mi regalo no puede esperar hasta final de curso.

Por la profusión de flores que adornaban la etiqueta, al principio confundí el frasco con un producto de limpieza cualquiera e intenté disimular mi perplejidad agradeciéndoselo educadamente. Hacía falta mucho más que eso para enfriar su entusiasmo: «¡Es la mejor agua de colonia del mundo! ¡Todos los hombres que he conocido la llevaban!». Pronunció con un énfasis excesivo el adjetivo «todos», haciendo hincapié en el valor estadístico de su argumento. Se interrumpió, solemne, como si sus conquistas masculinas estuvieran desfilando ante ella y rememorara su identidad olfativa. Desconcertado por la confidencia, no me percaté de que había cogido la botella. Pulverizó generosamente el contenido al aire, soltando una mentira inofensiva para terminar de convencerme: «¡Tu padre se la ponía todas las mañanas al salir de la ducha!».

Como es obvio, el regalo no estaba exento de segundas intenciones. Fatheya esperaba secretamente que lo utilizara para mi primer afeitado. A no ser que se lo hubiera sustraído a alguno de los hombres (numerosos, por lo visto) que habían pasado por su cama, aquel frasco debía de haber representado una fortuna para ella. Me sentí culpable por no haberle dado la acogida que se merecía y acabé transigiendo: a mí el suplicio de la cuchilla. No se hizo de rogar: enseguida me encontré en el borde de la bañera, con la parte inferior de la cara embadurnada de espuma blanca por una brocha sacada de quién sabe dónde.

—¿Y ahora?

—¡Ahora te afeitas!

—¿Así?

—¡Eh, Goha! ¿Dónde tienes la oreja?

Fatheya se refería a menudo al personaje aquel de la cultura popular que tenía el reflejo insólito de doblar el brazo izquierdo por encima de la cabeza cuando le pedían que se tocara la oreja derecha. Era su forma de darme a entender que yo siempre complicaba las cosas sin necesidad. Se apresuró a colocarme bien la cuchilla, que había cogido del revés, apoyando sus dedos gruesos y ásperos en los míos para iniciar el primer movimiento. El resultado de la operación fue bastante satisfactorio: ningún tajo que lamentar (hubiera sido un fracaso del que jamás se habría repuesto), a lo sumo unas gotitas de sangre perlándome la cara en varios puntos que ella roció en abundancia con Chabrawichi 555, al igual que cuando pulverizaba encarnizadamente con Baygon las cucarachas voladoras cuando se le cruzaban por delante en la cocina. Recuerdo la desagradable sensación del alcohol en la piel irritada y las tres cachetadas que me dio en las mejillas para firmar su obra. «¡Hala, ve a enseñarle a tu madre que ya eres un hombre!». Mi madre, esa vez, no advirtió nada del afeitado al ras, aparte del olor penetrante de mi nuevo perfume. Con sus exageradas inspiraciones, fingía analizar lo que había cambiado en el ambiente, pero yo sabía que buscaba sobre todo la palabra adecuada para burlarse de aquel inusual acicalamiento. Mira-Sarcasmo. Adelantándome a cualquier comentario despectivo, le anuncié de inmediato que se trataba de un regalo de Fatheya y que llegaba tarde a clase. Dos afirmaciones inatacables.

Perdí el autobús escolar por muy poco y tuve que coger el municipal para ir al instituto, al otro lado del Nilo. Terminé los metros que separaban la parada del edificio corriendo y llegué a tiempo al aula, donde el profesor empezaba a pasar lista. Todavía no me había nombrado, así que pude sentarme, a cambio de una simple mirada reprobatoria.

Me había tocado un compañero de pupitre particularmente rebelde, en virtud de esa costumbre ancestral de los jesuitas que consiste en sentar al elemento perturbador con uno que no da problemas. La idea era que el segundo despertara en el primero una repentina sed de redención. En honor a la verdad, no sería capaz de citar un solo ejemplo en el que el método hubiera funcionado, pero alguno debía de haber en la historia del Collège de la Sainte-Famille que justificara su popularidad. El principal hecho de armas de Chérif era que había mudado la voz, a diferencia de los demás chicos, lo cual se debía con certeza a que había repetido dos veces y no a ninguna precocidad. Eso le confería una legitimidad como jefe de pandilla y, según él, un éxito mayúsculo con las chicas.

Me estaba recuperando apenas de la carrera y tardé un rato en darme cuenta de que era el blanco de sus burlas.

Aguardó a que sonara el timbre para dirigirse a mí sin disimulo:

—Anda, mira qué guapo te has puesto…

(No debo hacerle caso, mejor dejarlo correr.)

—¿A quién quieres seducir así, eh?

(Empellón con el hombro para obligarme a levantar la vista. Mejor no reaccionar, esperar a que se canse.)

—¿Te has echado colonia esta mañana? ¿No serás marica como tu padre?

El puñetazo me salió del alma. Jamás en la vida me había peleado con nadie y creía que era incapaz de hacerlo, pero me vino la inspiración sin tener que pensarlo demasiado. Antes de seguir adelante, debo aclarar que desconocía el significado exacto de aquel término. Como mucho, tenía una idea del puesto que ocupaba en la clasificación de insultos de patio de colegio, pero fue suficiente para que respondiera. Cerré el puño y le golpeé la cara. Entre incrédulos y fascinados, los demás alumnos retrocedieron para formar un arco cauteloso a nuestro alrededor. Empezaron a animarnos con gran escándalo. Chérif me agarró por la camisa del uniforme para arrojarme al suelo, aunque dio un traspié y no lo consiguió. Yo aproveché ese respiro para asestarle un segundo golpe, pero él lo detuvo con la mano abierta. Podría haberme estrujado la mía de no ser por un profesor que se acercó a separarnos y nos llevó al despacho del director entre los silbidos de una clase enardecida. En mi instituto no estaban acostumbrados a ese tipo de escenas, y los tres días de expulsión con que nos sancionaron me parecieron bastante clementes.

Ese episodio me valió, a continuación, una reprimenda de mi madre y las felicitaciones de Fatheya. Me abstuve de mencionarle tu implicación a la primera y la del frasco de Chabrawichi 555 a la segunda.

—Ay, desde luego, hiciste lo había que hacer; ¡estoy segura de que se lo merecía! Encima, el día que te afeitas; ya sabía yo que eso te convertiría en un hombre. —Me pellizcó la mejilla con orgullo y continuó—: Que no te dé ahora por repetirlo todos los días, ¿eh? Lo has hecho una vez para demostrar quién eres, pero ¡ni se te ocurra convertirte en un tunante! En cualquier caso, sé de uno al que no se le ocurrirá volver a molestarte...

—Faty, ¿mi padre era marica?

Llevaba todo el día dándole vueltas a eso. Me parecía que una parte del misterio que te rodeaba estaba relacionada con aquella palabra, pero no quería preguntarle a Fatheya qué significaba, pues corría el riesgo de que se inventara cualquier cosa. Era un farol. La vi abrir los ojos como platos.

—¿Por eso te peleaste?

—Contéstame...

La noté descolocada, luego se recompuso. Primero me reprochó que fuera tan malhablado delante de una dama y luego que hiciera caso a los chismorreos de unos colegiales. Sin quitarle la vista de encima, dejé que se enredase en sus intentos por desviar la atención. Me daba perfecta cuenta de que trataba de distinguir lo que yo sabía de lo que fingía saber y me guardé de darle la menor pista. Acabó perdiendo la calma, profiriendo una sarta de juramentos y echando pestes contra todos los que se le pasaban por la cabeza. Para mi sorpresa, el nombre de Ali entró a formar parte de su letanía de maldiciones.

—¿Por qué mencionas a Ali?

Al ver mi asombro, vaciló un momento, pero ya era demasiado tarde para dar marcha atrás. Nunca había pronunciado ese nombre sin que yo la obligara a hacerlo y vi nacer el pánico en sus ojos. Era una loba atrapada en una trampa, y empezaba a entender que no saldría viva de ella.

En las contadas ocasiones en que le había preguntado por Ali, me había dado invariablemente la misma respuesta: era un muchacho problemático al que habías tenido la nefasta idea de ayudar y del que yo no debía hablar. «Muchacho problemático». Tras aquella expresión deliberadamente alusiva, comprendí sobre todo que él era la causa de algunos de nuestros problemas, empezando por el hecho de que te hubieras ido. Quizá él también tuviera los suyos; la verdad es que nunca me lo había planteado. En cuanto a por qué te escribía cartas...

De golpe, todo cobró sentido para mí: el significado del insulto, el vínculo que os unía a Ali y a ti, los misterios que rodeaban tu partida... Se volvió una violenta evidencia.

Un día me arrepentiría de la oleada de odio que se produjo en mí. De pronto me pareció que el universo no era lo bastante grande para contener mi ira; no tenía ni punto de comparación con la que me había hecho pelearme dos horas antes.

Comencé a odiar a todos mis semejantes. A aquellos a los que la posición social del padre hacía las veces de tarjeta de visita, con sus aires de hombres hechos y derechos antes incluso de haber vivido. A los que tenían un modelo que les bastaba con imitar para convertirse un día en una persona decente. A los que habían crecido cerca del manantial y bebían de este sin haber conocido la sed.

Odiaba a mi familia por haberme ocultado esa verdad que todo el mundo sabía. Como si esconder los espejos fuese suficiente para proteger a un ser deforme de su propia fealdad.

Y, por encima de todo, te odiaba a ti.

Te había maldecido por estar ausente y ahora te maldecía por haber existido. Por tu culpa, era el hijo de un hombre que se acostaba con otro hombre. Era el hijo de un hombre que había abandonado a su mujer. Era el hazmerreír de mi clase. Era el último mono en enterarse de quién era.

Todo aquello se mezclaba en mi cabeza. No comprendía lo que odiaba; odiaba lo que no comprendía.

De un movimiento nervioso, volqué lo que había sobre el escritorio. Fatheya trató de hacerme entrar en razón, me imploró que no mencionara nunca aquella conversación, perdería su trabajo por ello... Yo no escuchaba nada. Le grité que saliera de mi habitación. Salió. Un silencio se instaló entre nosotros durante muchas semanas.

32

El Cairo, 1999

Mémie nos había dejado. Yo tenía quince años y era la primera vez que me enfrentaba a la muerte tan de cerca; no dejaba de resultar de algún modo excitante.

Sabía la compasión y la benevolencia de la que disfrutaban mis compañeros cuando anunciaban la pérdida de un ser querido a sus profesores. Yo solo recibía miradas tan pronto burlonas como reprobatorias cuando se trataba de ti. No tenía nada que ver. La pelea del año anterior en el instituto hacía que el tema me resultase aún más doloroso. Durante mucho tiempo te guardé rencor por no haber muerto. Un niño huérfano es puro; uno al que se abandona, vergonzoso. Al darme derecho a la piedad de la que me habías privado, la muerte de la abuela subsanaba cierta injusticia. Por fin podían compadecerse de mí sin reservas.

Digo esto, pero sé que ella me lo habría reprochado: estaba rotundamente en contra de cualquier tipo de compasión. «Quien exhibe su miseria nunca inspirará deseo ni temor». Era un principio elemental para ella, una de esas verdades eternas e irrevocables cuyo secreto poseía. «Es así», sentenciaba lacónica, como para desalentar al que intentara poner en duda su validez. Tenía el mérito de ser coherente: nunca la vi quejarse de su suerte, ni siquiera con respecto a ti.

Murió *de lo que tenía*. No sabría decir qué era exactamente, pero, hacia el final, la vida familiar gravitó por completo en torno a esa muerte anunciada. De hecho, todo acabó clasificándose en una de estas dos categorías fundamentales y mutuamente excluyentes: lo que era malo para *lo que tenía* y lo demás. Cuando *lo que tenía* hizo inevitable un final que llevábamos varios años temiendo, nos llamó por turnos en el siguiente orden: Nesrine, Mira, yo y Fatheya, para transmitirnos sus últimas enseñanzas.

Reconozco que me supo a poco. Me esperaba una revelación trascendental, a ser posible sobre ti, y tuve que conformarme con una serie de tópicos sobre el sentido del honor y de la familia, y sobre el hecho de que la criada podía aprovechar su muerte (en el sentido de la legítima aflicción que nos embargaría) para sustraer a nuestra vigilancia algún objeto de valor. Era rácano y algo mezquino. Salí de la habitación diciéndome que la que probablemente había sido nuestra última conversación no sería la más memorable cuando vi a Fatheya postrada en una silla esperando su turno. Era la encarnación perfecta de la devastación interior. De sus ojos cansados brotaban lágrimas ennegrecidas por el kohl. La señora de la casa no podía haber soñado con una dramaturgia mejor. Hay que decir que Fatheya llevaba toda la mañana elucubrando acerca de las posibles razones de aquella convocatoria. Las había examinado todas mentalmente, desde la más deseable (que le diera una parte de la herencia en reconocimiento a sus buenos y leales servicios) hasta la más aterradora (la de un despido, por supuesto improcedente). Se levantó de un salto y entró en el dormitorio de la moribunda tan pronto como me vio salir.

Mémie se limitó a pedirle que marcara el número de su hijo y que fuera tan amable de salir de la habitación sin alejarse demasiado, por si se cortaba la línea. También le rogaría que, «por una vez», no se quedara escuchando detrás de la puerta, lo que históricamente supuso el último feo que le hizo la abuela.

§

Hasta entonces, en mi círculo familiar se moría todavía menos de lo que se evolucionaba. Ya es decir. Llegué a preguntarme si las mujeres que un día llorarían mi muerte no serían las mismas que se habían inclinado sobre mi cuna. En cierto sentido, la marcha de Mémie restablecía el orden natural de las cosas. No quiero que cuando leas esto pienses que su muerte no me dejó desolado, pues nada más lejos de la realidad. A mi Santa Trinidad familiar acababan de amputarle su figura más sólida y eso me sumía en un profundo desasosiego.

Lo cierto es que siempre sentí que le debía mi presencia entre ellas. Estoy seguro de que mi madre, al verse sola estando embarazada, ya no deseaba tenerme; debió de contemplar todas las posibilidades: dejarse morir con lo que quedaba de ti en sus entrañas o esperar a que yo naciera para entregarme al primer orfanato que encontrase. Lo único que se me ocurre capaz de convencerla de que no me abandonara es una intervención de su suegra. Por supuesto, no tengo nada en lo que basar dicha hipótesis, pero fue lo que siempre hizo que me sintiera muy unido a Mémie. De hecho, no conservo ningún recuerdo feliz de mi infancia que no esté asociado con ella. Sin duda me leía el pensamiento mejor que mi madre.

Acababa de perder a la mujer que me levantaba el ánimo a base de *aish el saraya* de Mandarine Koueider. A la mujer que me reservaba una discreta preferencia frente a mi primo, como para compensar las injusticias del destino. A la mujer, también, que descubría mi porvenir glorioso en los posos del café turco que yo me obligaba a beber para conocer sus vaticinios. Colocaba la taza de paredes renegridas bocabajo, fruncía el ceño para ayudarse a leer el futuro en los sedimentos aleatorios de la bebida y emitía su veredicto. Siempre había esfuerzos que hacer, obstáculos que acabaría superando y un destino a la altura de mi fuerza de voluntad. ¿Acaso podía ser de otra manera? A fin de cuentas, había nacido un 14 de julio, día de la fiesta nacional del país más grandioso del mundo. Para confirmar el augurio, a veces incluso veía una bandera francesa en los restos del café. Ya no cabía duda alguna: tendría un futuro deslumbrante.

En las contadas ocasiones en que se le escapaba tu nombre delante de mí, percibía algo así como una vacilación en su mirada. Consciente de haber infringido aquel tabú sin pretenderlo, intentaba calibrar las consecuencias. Tampoco es que acabara de revelarme que tenía un hijo, que yo tenía un padre y que eran la misma persona, pero me daba cuenta de que aquello le preocupaba. Yo adoptaba entonces la expresión más indiferente que podía para tranquilizarla y que pensara que no había oído nada chocante, quizá incluso nada en absoluto, y que podía seguir con su relato sin levantar sospechas. En otras ocasiones, dejaba que sus silencios me hablaran de ti. Le hacía cándidamente una pregunta que supiera que guardaba relación contigo. De manera casi infantil, le preguntaba, por ejemplo, si era más fácil criar a un niño o a una niña, o cuál había sido el trance más duro de su vida. Ella se quedaba callada y reflexionaba largo rato. Seguro de que en ese momento eras lo único que ocupaba su mente, trataba de vislumbrarte a través de sus arrugas indiscretas. Ella encontraba alguna distracción con la que desviar la conversación de aquel campo de minas, pero daba igual. Sin que hubiéramos cruzado una sola palabra, entre la mentira de mi pregunta falsamente ingenua y la de su respuesta, acabábamos, de algún modo, de hablar de ti. Iba a echar de menos aquellas «no-conversaciones».

Mi madre también sabía esquivar las preguntas relacionadas contigo. Cuando alguien me hacía una, se apresuraba a responder en mi lugar: «Su padre ya no está con nosotros...». Después bajaba la mirada para provocar la turbación necesaria en su interlocutor y que este no tratase de averiguar nada más al respecto. «Ya no está con nosotros» no quería decir gran cosa, pero al menos no significaba «se marchó al extranjero porque no superó la muerte de su amante, un prostituto hijo de *zabalin*». En el mejor de los casos, la gente deducía que estabas muerto. Como si hiciera falta acreditar esa tesis en la mente de la otra persona, añadía siempre: «Tenemos la suerte de vivir con mi suegra, ¡es un tesoro!». Era la prueba de que no había nada sospechoso en aquella situación y de que la tragedia que nos afectaba era de las que condenan al valor y no al oprobio. Mira-Verdad-a-Medias.

No tuve nunca mucho contacto con mis otros abuelos. Cuando se empecinaban en hablarme en su lengua, yo fingía no entenderlos o les contestaba en árabe, disfrutando como un niño cruel al ver sus caras descompuestas ante mi defectuosa armenidad. Tenía con ellos la misma relación de familiaridad y extrañeza que ellos mantenían con Egipto. Al morir Mémie, lo primero que temí fue que tuviéramos que mudarnos a su casa. Como si me pareciera descabellado que mamá y yo pudiésemos vivir solos, sin una autoridad superior que tomara las decisiones importantes por nosotros. Ahora que lo pienso, lo que me tenía que haber sorprendido era que mi madre se quedara a vivir con su suegra hasta el final, pero aquello sin duda respondía a las necesidades de ambas. Para tu madre suponía la garantía de verme crecer a pesar de que te hubieras ido, mientras que la mía sacaba un poco de esa normalidad social que tanto significaba para ella.

Enseguida me dieron a entender que no prescindiríamos del apartamento familiar ni de los servicios de Fatheya y fue un verdadero alivio. No me veía con fuerzas para lidiar yo solo con la melancolía que rezumaba la vida cotidiana de mi madre. Fingir que no me daba cuenta de sus crisis de bulimia. Llenar de manera artificial el vacío que tu marcha y la de la abuela habían dejado en ella. Habría sido demasiado para el adolescente que yo era.

§

Curiosamente, no se me pasó por la cabeza la posibilidad de que asistieras al funeral de Mémie. Pertenecías a una realidad paralela a la mía y había asimilado el hecho de que dos paralelas nunca se tocan. Hizo falta que Fatheya sembrara en mí la duda. «¡Ya podría haber venido a verla antes de que muriera, por lo menos! Habría sido lo normal, ¿no?». Tratándose de nuestra familia, la normalidad no me parecía el argumento más acertado, pero el comentario de Fatheya me sumió en un mar de posibilidades.

—¿Y para el entierro, crees que regresaría?

—Si no ha venido a verla cuando estaba viva, ¿cómo quieres que lo haga ahora que está muerta? ¡Qué va!

Me parecía que la hipótesis merecía algo mejor que aquel manotazo retórico. Por una vez, decidí probarla con mi madre. Ella la recibió con un parpadeo perplejo y me preguntó quién me había metido en la cabeza semejante idea. En sentido estricto, podría haber señalado a Fatheya, pero más valía no incriminar a nadie. Acababa, como quien dice, de liberarse de la férula de la abuela y no quería que la nueva señora de la casa le cogiera ojeriza por mi culpa.

—Anda, ve y termina el texto para la misa de Mémie.

Me miraba fijamente con la expresión de la madre que está harta de tener que acostar a un hijo que ya es demasiado mayor para creer en fantasmas. Era mejor no insistir. Seguí su consejo y me puse de nuevo con el elogio fúnebre; no me quedaba mucho tiempo para escribirlo en el francés elegante que le habría gustado a la abuela. Aunque esta última había pasado la mayor parte de su vida en Egipto, su acento de *khawagueya* nunca había dejado de maltratar el árabe. De hecho, los únicos interlocutores habituales que yo le conocía en esa lengua eran el portero del edificio, el repartidor del agua y Fatheya, claro está, y ninguno de ellos constituía una motivación suficiente para perfeccionar su dominio. Nesrine se defendía algo mejor, si bien se le notaba que no era su lengua materna. En lo que a mí respecta, me sentía cómodo con ambas: el francés en clase y en casa; el árabe en el recreo. Como Mémie las consideraba rivales (y dado que no cabía la menor duda acerca de su preferencia), veía la televisión local a escondidas y ponía TV5 Monde en cuanto la oía llegar. Ella quería que hablase «con estilo». Cuando yo intentaba saber algo más sobre su definición de «estilo», me lanzaba una mirada enigmática.

—¡Las faltas de concordancia o de ortografía no son muy graves, siempre y cuando no sean faltas de gusto! ¿A que no os enseñan eso en los jesuitas? Por ejemplo, todos estos adverbios, ¿de verdad necesitas utilizar tantos? ¡Ahí tienes un caso de falta de gusto!

No siempre comprendía el sentido de sus ocurrencias; pero sabía cuándo dirigirle una sonrisa de complicidad que diera a entender lo contrario. A veces me pedía que le recitara uno de los tres o cuatro textos que me había obligado a aprender de memoria. Tenía especial predilección por uno de Victor Hugo en el que un abuelo le llevaba a su nieta castigada un tarro de mermelada a hurtadillas. No me imaginaba yo a Mémie aprobando aquel tipo de comportamientos, aunque parecía más indignada por mi pronunciación macarrónica de la palabra «mermelada» que por la dudosa relación del anciano con la autoridad. Ahora que lo pienso, creo que le costaba menos perdonar los desaciertos de los franceses que los de su propia progenie. «¡Un día —solía decirme—, iremos a París!» y, a pesar de que nunca fuimos, creo que lo pensaba en serio. Había descubierto la ciudad durante un viaje con sus padres y hablaba de esta con un entusiasmo inusual en ella.

Cerraba los ojos y movía la cabeza, como si necesitara aquel truco para rememorar sus recuerdos.

Sous le ciel de Paris
S'envole une chanson
Elle est née d'aujourd'hui
Dans le coeur d'un garçon...

Desentonaba un poco, con una voz más grave que su tesitura habitual, y me miraba como queriendo transmitirme sus sueños de grandeza parisina.

No me enteré de su verdadero nombre hasta varios días después de su muerte, cuando recibimos las esquelas de la imprenta. Ella, a la que los primos y los amigos íntimos siempre se habían referido como «tía Aimée», en realidad se llamaba Amal. Amal, «esperanza», que prefería ser Aimée, «amada». Esa metáfora de su vida me dejó pensativo.

Sentado frente al escritorio, me hallaba luchando con la única lengua capaz de rendir un homenaje digno de la abuela cuando de repente Fatheya entró en mi cuarto. No tenía por costumbre correr por las escaleras y le faltaba el aliento.

—¿Va todo bien?

Cerró la puerta y la bloqueó con el cuerpo, ambas manos a la espalda, asiendo el pomo con firmeza.

—¡Tenías razón!

—¿A qué te refieres?

—¡Tenías razón con lo de Tarek! Va a venir.

La dejé hablar. No quería entusiasmarme: el tema era importante y a Fatheya le encantaba sacar conclusiones precipitadas.

—Verás —siguió—, cuando me preguntaste si tu padre iba a venir, en ese momento no lo creía, aunque me dio que pensar. Y ahora me he cruzado con Nesrine, que se dirigía a la habitación de tu madre con cara de preocupada, y Dios, bendito sea su nombre, me ha susurrado que la siga. ¡Lo he oído todo! Supongo que tu madre vendrá a contártelo de un momento a otro, pero prefería que tuvieras algo de tiempo para digerir la noticia primero…

Tan cierto como que no era la primera vez que Dios-bendito-sea-su-nombre ordenaba a Fatheya escuchar detrás de las puertas, yo sabía que el verdadero motivo para venir a revelarme aquella información era el orgullo de darme la primicia. Qué más daba, no la interrumpí.

—Empezaron a hablar, no las oía bien. De todas formas hablaban sobre todo en francés, pero empezaron a nombrar a tu padre, ¡así que, como imaginarás, agucé el oído! Bueno, en un momento dado, mencionaron algo de un aeropuerto…

—¿Un aeropuerto? ¿Estás segura de que dijeron «aeropuerto»?

Fatheya soltó el pomo de la puerta y, en un gesto teatral, me tendió la mano con la palma hacia arriba. Contenía una hoja de papel que me costó liberar de su presión sudorosa. La desdoblé y reconocí la letra de mi madre en una serie de caracteres.

—¿Qué es esto?

—¿Tú qué crees? ¡El número de vuelo!

—¿Lo has sacado de la libreta de mamá?

—¡Pues claro!

Pronunció esas palabras con el aire triunfal de un perro que vuelve con un cartucho de dinamita en la boca. Le pedí que lo repitiera.

—Faty, ¿es de la libreta de mamá?

—Sí, de la libreta de tu madre. ¿En serio eso es lo único que se te ocurre decir? La próxima vez no te...

La miré incrédulo. De repente, comprendió la situación.

—¡Oh, mierda! ¡He arrancado una hoja de la libreta de tu madre!

Tenía la cabeza en ebullición. Había que recuperar la comprometedora libreta cuanto antes, ya decidiríamos luego qué hacer. Contemplé a Fatheya abatida en mi cama, pálida y con la mirada errática. No había oído ni una palabra de lo que acababa de decirle; resolví encargarme solo.

§

Fingí estar demasiado absorto para reparar en el semblante preocupado de mi madre cuando entró en mi cuarto. Se disponía a decir algo, pero se detuvo al darse cuenta de que estaba escribiendo en su libreta.

—La estaba buscando...

—¿Qué? Ah, sí, perdona, es que necesitaba papel para el discurso de Mémie.

Disimulé lo mejor que pude y ella recuperó la libreta. Me miraba sin escucharme, como si la verdad tuviera más probabilidades de manifestarse en mi cara que en mis palabras. Se sentó en el borde de la cama, en el lugar exacto en el que el trasero de Fatheya había dejado una marca concéntrica de tela arrugada, y pasó las hojas del cuaderno ayudándose del pulgar hasta llegar a las páginas en blanco.

—Había apuntado algo. ¿Lo has visto por casualidad?

Fui a buscar la papelera y desplegué una a una las bolas de papel que había dentro. Terminé por la hoja que Fatheya había arrancado, cuyo dorso había tachado cuidadosamente para que pareciera un borrador cualquiera. Al alargársela, noté que un discreto alivio le desfruncía el ceño.

Recuperado el orden, mi madre disponía de vía libre para anunciarme tu llegada. La ocasión no se presentaría otra vez. Me explicaría el significado de la misteriosa fórmula salvada de la papelera *in extremis* y yo fingiría enterarme en ese momento. Ella, que le había prohibido a todo el mundo revelarte mi existencia, me anunciaría cómo te iba a conocer al fin.

Tenía el corazón igual de comprimido que las ollas esas de col rellena que Fatheya cubría con un plato en el que colocaba una pesada piedra. Yo contenía los latidos, listo para recibir la noticia con el mayor desapego posible. Simulé indiferencia para hacérselo más fácil. Seguro que ella también se esforzaba por ocultar sus sentimientos, porque su rostro no dejaba entrever nada. Era evidente que nos protegíamos el uno al otro mientras ella trataba de dar con las palabras que iban a cambiar nuestra vida.

33

Montreal, 2000

Cuando entra en el despacho, su primer reflejo es quitarse los guantes. Arranca del portarrollos una servilleta de papel marrón para enjugarse la frente. El tubo fluorescente escupe fogonazos intermitentes de luz mortecina hasta que se decide a encenderse del todo.

Se queda un buen rato con las manos inertes bajo el chorro de agua tibia antes de restregárselas enérgicamente con jabón líquido. Coge otro pedazo de papel, se seca las manos y se deja caer en la silla del escritorio. El cuerpo parece sumírsele en una espiración interminable. Esos instantes de relajación poseen un sabor característico. Suceden a una larga intervención quirúrgica.

En el escritorio descansa un sobre amarillo pálido. Lo abre con la hoja de unas tijeras. Desprendida del currículum de un periodista, la fotografía de carné de un hombre joven se escapa de su interior. Tiene los bordes dentados de un retrato profesional. No parece que le sorprenda descubrir la carta escrita en árabe que la acompaña.

El Cairo, 2 de junio de 2000

Doctor:

Puede que ya recibiera mi carta anterior. Si es así, le ruego de antemano que disculpe mi insistencia. Me llamo Ahmed Naguib y me gustaría entrevistarle para un reportaje que estoy realizando sobre los médicos de nuestro país. Sería un honor para mí poder conversar con usted de su carrera y de la de su padre. ¿Tendría la amabilidad de dedicarme unos minutos de su tiempo en las próximas semanas?

Mira por la ventana de su despacho. Son las ocho y trece de la tarde, los rascacielos se empeñan en reflejar los últimos rayos de sol. Los días se alargan con el final de la primavera como si aún tuvieran revelaciones que compartir. Escribe unas palabras en el dorso de la foto y arruga la carta y el currículum en una bola que alcanza la papelera al primer lanzamiento. Viviane sorprende su sonrisa triunfal.

—Nice shot, *doc! Se ha ganado usted su tarde libre.*

Él hace caso omiso del tono sarcástico y finge darle las gracias inclinando la cabeza.

—¿La declaración no era de su agrado? ¡No tiene piedad con sus pretendientes!

—Se equivoca, Viviane —contesta él, alargándole la foto del joven.

—Ya veo... ¡Aunque no está nada mal! Si yo tuviera quince años menos...

—... creo que no bastarían. Yo le echo apenas veinte.

Ella masculla unas sílabas ininteligibles y se aclara la garganta.

—¿Lo conoce?

—No, es periodista. No daría un duro por sus artículos, tiene el tono empalagoso del egipcio que se dispone a mendigarte dinero.

—Es usted duro con su país, doc...

—Es recíproco.

Ella titubea antes de seguir.

—¿Ha tirado la carta, pero se ha quedado con la foto?

—Por superstición. No se tira la foto de nadie. Tampoco se rasga. ¿Nunca se lo habían dicho?

—De todas formas... ¿En Egipto es normal eso de que un periodista mande su foto?

Contesta a la pregunta de Viviane encogiéndose de hombros. Esta se marcha discretamente, sin que se dé cuenta. Él apaga la luz y cierra con llave el despacho. Al pasar por la recepción desierta del Royal Victoria camino de la entrada principal, saluda con la mano a dos residentes que están haciendo una pausa. Se detiene fuera unos instantes. Se halla aún lo bastante cerca del edificio para percibir el olor a asepsia. Duda si dar media vuelta. Finalmente prosigue su recorrido inicial, acorta por el aparcamiento y sale del recinto hospitalario.

Enfila la calle University. La montaña ofrece sus últimas vistas a medida que se funde con el centro de la ciudad. Las casas, de puntillas sobre las piedras, fingen ignorar la pendiente que las sostiene. Mira distraído sus fachadas devoradas por la hiedra. Corre un aire tibio, cae polen como si fuera nieve. Sus pasos lo conducen a la entrada del campus de la Universidad McGill. Algunos estudiantes están sentados en la hierba; otros pasean despreocupados, la juventud por bandera y la eterna mochila a la espalda. En la entrada de uno de los edificios hay un grupo haciendo cola. Movido por la curiosidad, se acerca a leer el cartel de la puerta de cristal. Este anuncia en inglés una conferencia cuyo título podría traducirse por «Entrelazamiento de fotones y otros misterios de la física cuántica». No tenía nada más que hacer esa tarde.

34

El Cairo, 1999

—¿Nada? ¿Ni siquiera una alusión?

Fatheya trataba de poner orden en sus pensamientos asintiendo mecánicamente con la cabeza. Para no levantar sospechas, había apuntado con exactitud las idas y venidas de mi tía y de mi madre a fin de determinar el momento más oportuno para reunirse conmigo. La primera se había ido a su casa y la segunda estaba al teléfono con su madre; teníamos más de media hora por delante. Parecía un *sketch* sacado de una de esas series que ponen en la tele durante el ramadán para matar el tiempo hasta la hora de la cena.

—Seguro que comentó algo, Rafik. ¡Piensa!

—Solo me preguntó qué tal llevaba el texto para la iglesia.

—¿Y del papel?

—Pues... como no me explicaba qué era, al final se lo pregunté. Me dijo que era la referencia de un pedido que había hecho en Europa.

—Rafik, te juro ante el Altísimo que yo la oí que...

—Lo sé. He llamado al aeropuerto. Me han confirmado que es el número de un vuelo que llega mañana de Montreal.

Aunque no le satisfizo, tal confirmación la sumió en sus cavilaciones. Ahora ya era seguro que venías para el entierro y que mi madre me lo ocultaba deliberadamente. Fatheya formuló una última hipótesis, tratando de buscar las palabras que menos daño me hicieran:

—Pongamos que sepa que tiene un hijo... Le habrá pedido a tu madre que no te diga que va a estar ahí. Para no hacerte sufrir...

—¿Y luego qué? ¿De veras crees que espera pasar desapercibido después de quince años de ausencia? Venga ya, Faty, déjalo. Es mi madre la que se ha empeñado en que yo lea un texto durante la misa y la que se ha inventado lo primero que se le ha pasado por la cabeza para ocultarme el número de vuelo... Lo que quiere es que descubra mi existencia el día del entierro de su madre para humillarlo.

Confrontada a la evidencia, renunció a rebatirla. Se presionó los ojos con la palma de las manos, como si le empezara a doler la cabeza, y masculló:

—Siempre reflexionando como un adulto. No sé qué ha sido de tu infancia...

Yo había tenido unas horas más que Fatheya para llegar a esas conclusiones, para saber que ninguna otra cosa podía explicar el comportamiento de mi madre. Unas horas más para medir por fin su amargura inveterada y el afán de revancha que había alimentado; la impresión, tal vez, de que le habían robado su existencia. ¿No había sentido yo lo mismo, de alguna manera?

Me enfadé con ella. Mi madre podría haber optado por aunar nuestra cólera; eso seguro que nos habría acercado. Sin embargo, prefirió utilizarme para una venganza egoísta. Me había criado todos estos años como un cuchillo que se afila con paciencia; como un arma que no tendría otra oportunidad de dar en el blanco. Ya no era un niño a sus ojos. Sin darme cuenta, me había convertido en un hombre. Un hombre que iba a parecerse al que había hecho añicos sus sueños. Un hombre que, de todas formas, acabaría abandonándola. Un hombre al que era preferible sacrificar antes. Mira-Infanticidio.

Con una mezcla de ira y desesperación, volví a pensar en Mémie de repente. Ella nunca lo habría permitido. Comprendí que las últimas horas solo habían sido una equivocación: era entonces, en ese preciso momento, cuando la abuela se iba de este mundo. Mi duelo podía comenzar. Me imaginé en la iglesia, recitando el texto ante los ojos de quienes ya se habían dado cuenta de que estabas allí y aguardaban el drama anunciado en un silencio cómplice. En lugar de protegerme, mamá me pedía que redactase el acta de acusación de un juicio que había tardado quince años en celebrarse. Yo no era más que una víctima colateral, un idiota que se pasa la vida describiéndoles su dolor a los ausentes. El odio volvió a apoderarse de mí. La reina estaba muerta, todavía no la habían enterrado, y la partida de ajedrez apenas acababa de empezar. Sería cruenta, solo habría perdedores.

Me puse a dar puñetazos en la pared. Fatheya me agarró del brazo para retenerme y consiguió que me calmara. Me dejé caer contra ella, incapaz de articular palabra. Me había abierto las falanges. La sangre que empezaba a salirme prefería aquella luz súbita a la cárcel de mis venas. Inerte, observé cómo fluía despacio y bordeaba un tendón trazando un surco escarlata antes de morir, ya seca. Lloré de rabia, estaba agotado. Acababa de envejecer mil años.

§

Faltaban pocas horas, no podía dejarse nada al azar. Me salté la cena y estuve toda la mañana siguiente callado, limitándome a contestar a las preguntas que me hacían con un asentimiento de cabeza. Mi madre achacaba mi silencio al duelo, lo cual me venía muy bien. Como quería que bajara la guardia, le había mostrado mi texto del entierro. Ella lo había leído por encima en silencio, moviendo los labios de forma casi imperceptible. Había sonreído y terminado la lectura con un insulso «está muy bien» antes de pasarme una mano por el pelo como se acaricia un perro para azuzarlo antes de salir de caza. Nada en su mirada parecía delatar el más mínimo remordimiento. Daba igual, mi energía estaba puesta en otra cosa. La presencia de la tía Nesrine, que ultimaba los preparativos del entierro, desviaba providencialmente la atención general de mi persona. Aproveché para trazar un plan al amparo de las miradas, encerrado en una fortaleza de silencio en la que solo a Fatheya le estaba permitido entrar. Precisamente acababan de pedirle que arreglase el apartamento de Dokki con motivo de la llegada, ese mismo día, de un «familiar» que asistiría al entierro. Como es natural, se había abstenido de hacer preguntas sobre su identidad.

Aún quedaba una incógnita: ¿iría Nesrine a buscarte?, ¿subiría contigo al piso de Mémie? Las respuestas cayeron por su propio peso: nadie parecía prepararse conforme se acercaba la hora de tu llegada. Como solía hacer Mémie cada vez que recibíamos visita del extranjero, llamé al aeropuerto —aquel desde el que nunca volaríamos rumbo a París—. Tu vuelo no llevaba retraso. En el momento en que, en teoría, debías de estar pisando la pista, nadie salió de casa. Era un hecho: llegarías por tu propio pie. Me dispuse a acudir al apartamento de Dokki, con las cartas de Ali cuidadosamente clasificadas por orden cronológico en una funda de plástico. Eran mi reliquia sagrada, mi único lazo tangible contigo. Sentí que se me encogía el corazón al pensar que tendría que desprenderme de ellas, mas iba a cambiarlas por algo mucho más valioso. Ali mencionaba a su madre a menudo, por lo que había previsto un rodeo para comprar una cazuelita de *umm ali*. Así, al verla, entenderías que se trataba de una puesta en escena intencionada. Se lo había contado a Fatheya por encima para que me cubriera si alguien se extrañaba de mi ausencia. Me estrechó entre sus brazos justo antes de salir. Yo ya me encontraba en otra parte.

35

Hasta sus últimos días, Mémie disfrutó mucho transmitiéndome sus principios vitales y poniéndose, gustosa, como ejemplo. Lo adornaba todo con unos cuantos aforismos más o menos inspirados y me lo presentaba bajo el pomposo nombre de filosofía. Se trataba de una ciencia social, por aquello de que no tenía otro objetivo que permitirle lucirse en sociedad, una disciplina en la que el efecto producido por una frase podía compensar todas sus vaguedades. Como cabía esperar, la elección de las palabras era primordial. Así, nunca hablaba de «azar»; prefería recurrir al «destino» para expresar la misma idea, aunque de una forma más noble. Durante mucho tiempo creí que se trataba de una simple coquetería lingüística, pero al final me di cuenta de que el matiz era importante. Como Mémie no tenía por costumbre ponerse del lado de los perdedores, había hallado en dicho término un aliado seguro que se imponía sistemáticamente. El destino justifica las adversidades y confiere a nuestros triunfos una apariencia de elección divina, mientras que el azar otorga a las primeras un cariz de imprevisión y nos quita el mérito de los segundos. Además, ¿qué podemos hacer contra el destino? «Nada», zanjaba ella siempre, en respuesta a su propia pregunta retórica. *Maktub.* Todo está escrito de antemano, nosotros solo ejecutamos la partitura que nos van dando a medida que la tocamos, por lo que las notas que vienen constituyen un misterio tan grande como la melodía que compondrán. Para ella, que había dedicado gran parte de su vida a maquinar, tramar, enredar y desenredar, el destino era mucho más que una superstición: era una valiosa coartada.

Aquello no suscitaba en mí especial entusiasmo, pero cuando la veía exponiendo sus elucubraciones tan orgullosa, le ofrecía con la mirada el apoyo que necesitaba para seguir con su disertación. A medio camino entre la advertencia y el balance de su propia vida, concluía entonces casi siempre aparentemente resignada: «Sabes, Rafik, querer condicionar el futuro equivale, en el mejor de los casos, a agotarse en vano, y en el peor, a arriesgarse a desagradar al Dios bueno». Aquí tengo, por cierto, que precisar un punto: aunque estaba claro que el dios de Mémie no era de esos a los que se podía disgustar impunemente, el calificativo «bueno» no se refería de ninguna manera a su supuesta misericordia. Más bien al hecho de que, a diferencia de la mayoría de sus conciudadanos, ella poseía la clarividencia de no equivocarse de interlocutor celestial.

La víspera de su entierro, me pregunté si no me habría enemistado con el Dios bueno de Mémie al tratar de acercarme a ti. Cuando me apartaste con fuerza en la calle, sin sospechar siquiera mi identidad, me arrepentí por un instante de no haber dado más importancia a las supersticiones de la abuela. ¿Qué esperaba obtener con aquellas cartas y aquella puesta en escena? ¿De dónde me venía la arrogancia de creer que podía anticipar tus reacciones cuando no sabía nada de ti? Había querido acelerar las agujas del reloj en una tentativa de provocar nuestro encuentro antes del momento que le estaba destinado, y pronto pagaría mi atrevimiento.

Me preparaba para el funeral con la emoción anestesiada y el caminar maquinal del condenado a muerte en dirección al cadalso. Llevaba en la mano la hoja en la que había escrito el texto que en breve tendría que leer ante ti. Me habría gustado que el Dios encolerizado de Mémie me fulminara en el secreto de mi cuarto, pero él parecía preferir una ejecución pública. Me sentía desesperadamente solo. Apenas había encontrado las palabras para explicarle a Fatheya lo que había sucedido al cruzarme contigo. O más bien lo que no había sucedido.

§

Al llegar a la iglesia, descubrí el féretro de madera en el que yacía mi abuela. Me pareció un disparate lo pequeño que era; habría jurado que si abría los brazos en cruz podía superarlo en longitud. No tuve ocasión de comprobarlo. Con sus rostros inquietantes, unos santos decoraban el imponente iconostasio que separaba la nave del santuario. Observaban a Mémie en su caja. Debían de saberlo todo sobre la escena que iba a representarse ante sus ojos. Intenté hallar algún indicio en su expresión grave, pero no dejaban traslucir nada. Como drogados con el incienso; simulaban indiferencia, envueltos en su santa hipocresía.

La iglesia fue llenándose poco a poco. Los hombres iban arreglados; las mujeres, irradiando aflicción. En un arrebato de empatía exagerada, me pasaban la mano por la cabeza. ¿Acaso mi pena les daba derecho a tocarme el pelo?

Al menos a mí me lo daba para no devolverles la sonrisa. Todos los vestidos de raso negro de El Cairo se agolpaban en las filas de bancos de madera. El cura sonreía extasiado a la vista de su adinerado rebaño acudido en masa. Se me pasó fugazmente por la cabeza que Mémie no se habría perdido una reunión así por nada del mundo. El pensamiento me pareció todavía más absurdo porque estaba allí, era el centro de atención como de costumbre.

Ahora que conocía tu aspecto, me daba la vuelta de vez en cuando para comprobar si habías llegado. Procuraba no pensar en el momento en que me llamarían al ambón para leer mi texto. ¿Qué cara se me iba a quedar cuando el cura me presentara como tu hijo? ¿Quién de nosotros dos se sentiría más humillado? ¿Me relacionarías con el chico que había tratado de abordarte en la calle el día anterior? La iglesia estaba llena, así que renuncié a buscarte entre la multitud compacta. Me sentía cautivo, igual que los jefes mamelucos atrapados en la ciudadela de El Cairo el siglo pasado. Me vino a la memoria la imagen de la piedra partida por el casco de un caballo que nos mostraban durante las excursiones del colegio. Plasmaba la desesperación del jinete, que se había tirado de lo alto de las murallas, prefiriendo una muerte elegida a aquella que le habían reservado. En ese preciso momento, habría cambiado mi reino de pacotilla por un caballo.

La ceremonia comenzó con una nota prolongada del órgano. Mi madre susurró unas palabras al oído de Nesrine; estábamos sentados en la primera fila. El sacerdote entonó las primeras palabras improvisando con voz grave una de esas melopeas típicas de los sacerdotes. ¿Para qué complicarse con una partitura cuando se declama la palabra divina? Tú debías de estar a escasos metros de mí, aburrido por el mismo lamento disonante que yo. Al menos compartíamos eso. Tal pensamiento calmaba casi mi desesperación. No prestaba atención a nada de la ceremonia. ¿Qué me habría enseñado sobre mi abuela? La conocía mejor que nadie en aquella iglesia. Salvo tú, quizá. Y, sin embargo, no teníamos ningún recuerdo en común de ella.

El incienso bailaba con insolencia alrededor del ataúd que pronto enterraríamos. Se sofocaba a unos centímetros de nuestras cabezas, escupiendo sus embriagadoras vaharadas. Era evidente que no pretendía alcanzar a los dioses, tan solo reconfortar a los hombres. Mi madre me agarró por los hombros como a un niño que se ha amodorrado en clase. Me tocaba hablar a mí. Fui hacia el altar, me tomé el tiempo de hacer una genuflexión y me santigüé de manera metódica. En nombre del Padre, del Hijo. Subí el par de peldaños que llevaban al ambón, reajusté el micrófono y desplegué el texto, que esperaba arrugado en mi bolsillo. No busqué tu mirada ni la de mi madre. Aparté la vista de la caja demasiado pequeña en la que Mémie debía de estar contorsionándose. No dejé que la emoción ni el incienso se apoderaran de mi garganta. Leí el texto sin temblar. Me encontraba tan solo como siempre lo había estado.

§

No se produjo el cataclismo anunciado. Encaramado al ambón, no percibí febrilidad alguna entre los presentes. Ni respiración contenida, ni rostro vuelto hacia ti, ni cuchicheo nervioso ni malestar palpable, nada. Tampoco mucho más cuando salí de la iglesia. Solo unas ancianas que se acercaron a felicitarme por el texto, los ojos enrojecidos de la emoción, quizá porque sabían que iban a ser las siguientes en inspirar un elogio fúnebre. Ni rastro de ti.

Mil hipótesis se agolpaban en mi mente todavía agitada. ¿Sería posible que el hombre con el que me había cruzado debajo del piso de Dokki no fueras tú? ¿Entonces, quién? ¿Un pariente lejano que no había entendido que lo recibieran con una cazuelita de *umm ali* y una pila de cartas crípticas? Pero, entonces, ¿aquel vuelo procedente de Montreal? Por fuerza tenías que estar entre el público mientras leía el texto. A menos que hubieras perdido el avión…

Vi a Fatheya a la salida de la iglesia. Apreté el paso hacia ella.

—¿Faty, lo has visto?

Hizo un gesto afirmativo con la cabeza. De repente se me aceleró el corazón.

—¿Entonces dónde está? ¿Por qué no ha venido a hablar conmigo? ¿Cómo reaccionó cuando leí el texto?

—No te oyó, Rafik. Lo esperé delante de la iglesia y le aconsejé que no entrara.

Entonces no entendí que Fatheya acababa de evitarme el momento que tanto había temido. Por extraño que parezca, no sentía alivio ni gratitud. Respiré hondo.

—Faty, me gustaría hablar con él. Solo un momento. Tú te quedas haciendo guardia abajo y yo subo a verlo quince minutos. Quince, no más. No te volveré a pedir nada, te lo prometo…

—Se ha ido —me interrumpió.

—¿Cómo que se ha ido? ¿Ya está en el aeropuerto?

—No, en el Said.

No esperó mi pregunta para contestar con cuatro palabras: «A encontrarse con Ali».

36

Montreal, 2000

Está sentado delante del ordenador. Solo se le mueven las pupilas, en horizontal, clavadas en la pantalla. Contrae la mandíbula, presiona largo rato una tecla y luego teclea otras con ambas manos. Se detiene. Relee una última vez. Coge una hoja y empieza a escribir de derecha a izquierda. Su mirada alterna entre la pantalla y la hoja. La letra es laboriosa, tiene una inclinación poco común para unos caracteres árabes. Casi infantil. Rasga una primera página y vuelve a empezar.

Montreal, 21 de julio de 2000

Señor:

No sé cómo ha conseguido mis señas. No deseo participar en su artículo, así que le agradecería que no volviera a escribirme.

Dr. Tarek Seidah

Lee la misiva una última vez antes de meterla en el sobre. Abre un cajón del escritorio y extrae una foto. La examina unos instantes, le da la vuelta y copia en el sobre la dirección que figura en el anverso.

Deja el sobre en una esquina del escritorio. Retoma su trabajo por donde iba.

37

El Cairo, 1999

—¡Dios mío, Fatheya! No has cambiado...

Por supuesto que había cambiado. Ambos habíais cambiado, la cuchilla del tiempo siempre deja sus surcos tanto en el rostro como en la mente. Era una forma de decirle que la habías reconocido a primera vista. Te indicó por señas que la siguieras, lejos de la entrada. Fuiste tras ella sin hacer preguntas. Desde fuera se oía resonar el órgano anunciando a los hombres que el Altísimo iba a tomar la palabra y recordarles que polvo somos y en polvo nos convertiremos. Preferías concentrarte en el viento de marzo elevando el perfume de Fatheya, que te hacía rejuvenecer varias décadas. El mismo perfume en una mujer envejecida. Caminaba con menos confianza que antes, con el paso jalonado de suspiros que ni siquiera era consciente de emitir. Por supuesto que había cambiado.

Te preguntó cuánto tiempo llevabas sin poner los pies aquí. Te sentiste como un niño pillado en falta, avergonzado y a la vez aliviado de no tener que seguir cargando a solas con su secreto. Te dijo que te habían echado de menos. No era un reproche. Las palabras no trataban de insinuar nada más, se bastaban a sí mismas.

—Mira es la que más ha sufrido. No se lo merecía, Tarek. Es una buena chica, tendrías que haberte sentado a hablar con ella. ¡Si las cosas no van bien, se habla, se habla con la gente! Se intenta arreglar lo que se puede, no se rinde uno así…

Ibas a justificarte, mas ella bajó los párpados, dándote a entender que no era necesario.

—¿Has visto las cartas?

—Fatheya… ¿fuiste tú?

—No, ¡pero eso qué importa! Tarde o temprano tenían que llegar hasta ti.

No trataste de averiguar adónde os conducirían los siguientes minutos. Te limitaste a respirar hondo como quien se dispone a hacer un esfuerzo que sabe que lo dejará sin fuerzas. Con los ojos cerrados, permitiste que el aire de El Cairo te llenara los pulmones a medida que reunías las palabras para relatar tu escapada del día anterior.

Habías ido a Mokattam a última hora de la tarde, para aumentar las probabilidades de encontrar a Ali. Llevabas sus cartas apretadas contra el pecho, como un valioso talismán que debía guiarte hacia su autor. Empezaste por la casa en la que vivía con su madre, pero solo quedaban los muros desnudos. Se habían llevado incluso los batientes de madera de las ventanas. Allí todo se recicla. Diste unos pasos por el interior y constataste que el lugar llevaba mucho tiempo deshabitado. Miraste a tu alrededor como buscando un objeto del pasado que hubiera sobrevivido. Una fotografía colgada aún de la pared, una vieja cinta de casete de Mohamed Mounir… Nada. Intentaste recordar la disposición de los muebles, el olor del *taro* cociéndose a fuego lento en la cocina de gas, el ruido que producían vuestras risas... La fría realidad en la que te hallabas difería tanto de tu recuerdo que empezaste a dudar que fuera el mismo sitio. Entonces te diste cuenta de que te encontrabas exactamente donde, dieciséis años antes, yacía el cuerpo inerte de la madre de Ali, del que solo pudiste certificar la muerte. Respirabas con dificultad. El aire parecía viciado por un mal invisible. La muerte, pensaste. O, peor aún, la falta de vida. De pronto te dio la sensación de estar violando con tu presencia un lugar sagrado. Una iglesia en la que nadie rezaba desde hacía siglos. El templo de un dios en el que ya nadie creía. Te marchaste de inmediato.

Condujiste el coche que te habían prestado en dirección al dispensario donde en otra época curabas a la gente del barrio. Tal vez para recordar que habías hecho el bien en aquella montaña y lavarte así la sensación de profanación que acababas de experimentar. Tal vez para dar con alguien que pudiera decirte algo sobre Ali. Tal vez por ninguna de estas razones. Tomaste en sentido inverso el camino que te había indicado cuando os conocisteis; un camino que después recorriste cientos de veces. Desde la carretera viste la clínica islámica que estaban construyendo cuando te fuiste y te pareció que seguía sin terminar. Aparcaste el coche en el arcén derecho, como solías hacer, y echaste un vistazo por la ventana. La noche incipiente te impedía distinguir el interior del edificio; todo parecía en su sitio, como la última vez que habías estado allí. No bien pusiste la mano en el picaporte, resonó una voz grave alentada por unos ladridos.

—¡Eh, tú! ¿Qué estás buscando?

Las palabras del hombre se mezclaban con los gruñidos excitados de sus molosos. Al verlo acercarse, hiciste un gesto de apaciguamiento. Te miró de arriba abajo, incrédulo, y acalló a los perros con un enérgico restallido de la correa.

—¿Doctor? ¿Eres tú, doctor?

Tardaste unos instantes en reconocer al hijo de Moufid, que acompañaba a su padre cada vez que venía a verte por sus dedos artríticos. Una vez que tuvo la certeza de que eras tú, agitó las llaves del local, que guardaba en su llavero desde hacía más de quince años. Temiendo que nadie le creyera o, peor aún, que le reprocharan no haber sabido retenerte, se puso a dar gritos con la voz que te había sobresaltado minutos antes:

—¡Venid, *ya gamaa*! ¡Venid deprisa, el doctor ha vuelto! ¿Tengo que ir a buscaros uno a uno? ¡Daos prisa!

Empezaron a llegar. Los primeros, curiosos, creían que se trataba de una broma. Un grupo de señoras se acercó a pasos forzados. Una de ellas te tironeó de la manga para que te dieras la vuelta. Cuando te reconoció, se agarró las enrojecidas mejillas como si acabara de ver una aparición. Pronto fueron decenas a vuestro alrededor. En la oscuridad de la noche, intentabas reconocerlos. Algunos rostros te resultaban familiares, aunque no siempre te acordaras de los nombres; a los demás, era la primera vez que los veías. Una voz cascada surgió de entre la muchedumbre:

—*Ya doctur*, ¿has vuelto para siempre?

No acertabas a ver a la persona que acababa de dirigirse a ti. Como no te salían las palabras, te limitaste a negar con la cabeza. Entonces una mujer empezó a batir palmas y entonó aquella canción en árabe de Dalida que solías poner en la consulta. La canción que Sadat escuchaba en el avión que lo traía de vuelta de sus viajes oficiales. La canción que todo un pueblo se sabía de memoria y que llevabas años sin oír.

Una o dos palabras...

Respondieron a coro:

¡Qué hermoso es mi país!

Hubo un silencio y todos retomaron al unísono:

Una o dos canciones.
¡Qué hermoso es mi país!
Nunca perdí la esperanza
de regresar un día
y quedarme para siempre...

Escuchabas la letra como si fuera la primera vez. No habrías sido capaz de cantar con ellos. Distinguiste a una mujer entre la multitud y la reconociste enseguida: Amira. Tus labios compusieron su nombre al tiempo que te llevabas la mano a la sien izquierda, donde nacían las migrañas que ella te describía durante la consulta. Su risa estalló entre los cantos...

Los recuerdos del pasado,
país mío, aún los conservo.
Tengo el corazón repleto de historias.

Cerraste los ojos para concentrarte en sus voces entremezcladas. Fuiste incapaz de contener las lágrimas.

Conocí a mi primer amor en mi país,
no podré olvidarlo.
¿Adónde fueron a parar los viejos tiempos
de antes de tu adiós?

Algunos se equivocaban con la letra y se unían en los finales de frase o se limitaban a aplaudir al compás, animados por la emoción que leían en tu rostro. Te pusiste la mano en el pecho en señal de agradecimiento. Como si un puñado de notas pudiera cambiar el curso de las cosas, por un instante creyeron que reconsiderarías tu decisión.

Una o dos canciones.
¡Qué hermoso es mi país!
¿Dónde está, pues, el amor de mi corazón?
Estaba lejos de mí
y, cuando canto,
pienso en él...

Describiste la escena a Fatheya sin mirarla, como si te la estuvieses contando a ti mismo y no a ella. Sentías que te embargaba la emoción a medida que la revivías.

—Los pocos que todavía se acordaban de él me dijeron que llevaban años sin verlo. Y esas cartas..., en los sobres no aparece ninguna dirección. Pero ¿cómo es posible, Fatheya? ¡Si estaba muerto!

Ella se volvió hacia la iglesia, alzó los ojos al cielo y susurró con la voz más baja que pudo, como si temiera que, desde el ataúd, la señora la sorprendiese hablando a sus espaldas:

—Tu madre lo consideraba un peligro y él pensaba que iba a arruinarte la vida si vuestra relación seguía... Se pusieron de acuerdo.

—¿De acuerdo?

—Sí, llegaron a un acuerdo. Ella lo envió lejos de aquí y él prometió que no intentaría volver a verte.

Inspiraste largamente. Empezabas a entender, aunque no querías sacar conclusiones precipitadas.

—¿Y las cartas, entonces?

—Cuando se enteró de que te habías ido de El Cairo y de que la farsa de su muerte no había servido de nada, le preguntó a tu madre si aceptaría que te escribiese. Se sentía culpable, quería que supieras la verdad. De todas formas, ya no estabas aquí, ¿qué más daba? Al principio, tu madre se negó; luego temió que te buscara. Así que terminó aceptando sus cartas cada vez que venía a El Cairo. Le hacía creer que te las enviaba, pero que tú no estabas listo para contestarle...

Fatheya llevaba años preparándose para la pregunta que siguió.

—¿Y sabes dónde está ahora?

—Sí. Bueno, eso creo... ¿Te acuerdas del doctor Darwich?

—¿El amigo de papá?

—Hace algunos años abrió una escuela de medicina cerca de Sohag, en el Said. Allí fue donde lo envió tu madre.

No decías nada. Te sentías ajeno a tu propia historia. Te negabas a dejar que te invadiera aquella nueva esperanza e intentabas separar el grano de la paja, como en la parábola del reino de los cielos que un sacerdote declamaba en la iglesia donde deberíais haber estado. Después se hizo un silencio y a Fatheya le pareció percibir mi voz a lo lejos recitando el texto que había escrito para Mémie. Tú no prestabas atención. Ella estuvo a punto de añadir algo, pero se retuvo. La multitud comenzó un *Gloria Patri* con su voz confusa, contenida por los muros de piedra.

Gloria al Padre,
al Hijo...

Ya te habías ido de nuevo. Sin yo sospecharlo, te me habías escapado otra vez. Había dejado de buscarte con la mirada entre la muchedumbre. Se equivocaban, todos se equivocaban: la verdadera tragedia no se representaba alrededor de aquel féretro con arreglos de lirios, sino en otra parte. Mucho más allá de las fumarolas de incienso.

... Por los siglos de los siglos.
Amén.

38

En el momento en que enterraban a tu madre, tú estabas llegando a la estación central de El Cairo. Compraste el primer billete para el Alto Egipto; tu tren salía en un cuarto de hora. Sentado en un taburete, un chico escuchaba la radio mientras vigilaba sus dos puestos de periódicos y comida envasada. La precaria estructura anunciaba con orgullo: «Gran Almacén internacional». No habías comido en todo el día. Le compraste una bolsa de patatas fritas y le dijiste que se quedara con el cambio. El sonido del tren entrando en la estación cubrió tu voz. No sería la primera marcha precipitada que te reprochasen. Daba igual, eran lo bastante numerosos para celebrar la muerte; tu preferías reunirte con la vida.

Te hubiera gustado dormir y no despertarte hasta la estación de Sohag, pero te atormentaban demasiados pensamientos. Decidiste releer sus cartas. Ahora lo comprendías: eran una cita sin lugar ni fecha. Habías encontrado el lugar, el destino había decidido la fecha: cuatro años después de su última carta, cuando, cansado de aguardar una respuesta, había renunciado a seguir escribiéndote. Justo ahora que ya no esperaba volver a verte, tú reaparecías. Sonreíste como un niño ante esa imagen.

Ali. Volvías a ver aquel rostro en el que te habías prohibido pensar desde hacía años aunque a veces resurgía por la noche. Debías de soñar con él al igual que yo soñé contigo durante mucho tiempo. Para eso están los sueños, para dar vida a los ausentes. Surgía en medio de la nada; tú tratabas de abrazarlo y el esfuerzo te despertaba. La visión se desvanecía como la llama que se pliega bajo un soplo de aire y termina por sofocarse. Atrincherado en tu cama, la veías consumirse, trágica y relajante a partes iguales. Unas lágrimas vacilaban entonces en la comisura de tus párpados.

Ali, vivo… ¿Podía ser que en el fondo hubieras sabido siempre que su muerte era ficticia? ¿Que hubieras descubierto la estratagema urdida por tu madre? Era ella la responsable de lo que te sucedía y, sin embargo, su recuerdo no te producía amargura. ¿De qué sirve reprocharles nada a los muertos? Tu corazón no albergaba rencor alguno; solo latía por las próximas horas.

Te abstuviste de avisar al doctor Darwich de tu llegada. No querías correr el riesgo de que Ali se enterara. ¿Quién sabía la reacción que podía tener? A lo mejor estaba dolido contigo por haber dejado sin respuesta su correspondencia, o se pensaba que era una trampa de tu madre. Preferiste buscar en sus misivas una pista de cómo iba a ser vuestro reencuentro. Intentabas planear el marco ideal para el momento. ¿Mejor a la luz del día, para que esta le iluminara el rostro, o esperar a por la noche, que resguardaría vuestras confidencias? ¿Y si te pedía que te quedaras con él? ¿Tendrías el valor de deshacer la maleta para siempre? Llegaste a la conclusión de que sí. Retomaríais el curso de vuestra vida en el punto exacto donde se había detenido, con la esperanza de que la ruptura fuese como esas enfermedades que basta con contraer una vez para no volver a temer sus efectos.

Saboreaste unos instantes la placidez de esa imagen, antes de que te produjera cierta aprensión. El temor, inculcado desde la infancia, de que pedirle demasiado al cielo acabase atrayendo el mal de ojo. ¿Y si se había marchado de Sohag? Después de todo, ¿cómo estar seguro de que no se había mudado a otra ciudad en los últimos quince años? Puede que ahora fuera médico y hubiera comprado la consulta de un compañero en alguna aldea de los aledaños. Te tranquilizaste a ti mismo: en ese caso, seguro que el doctor Darwich podría informarte. ¿Y si había conocido a alguien desde la última carta? ¿Qué edad tendría? ¿Treinta y seis? Era guapo, seguro que no le faltaban pretendientes. La mente se te perdía en conjeturas deslavazadas, cada pregunta daba lugar a muchas más. ¿Cómo no se te había pasado por la cabeza antes? A lo mejor hasta estaba casado y tenía hijos. Treinta y seis años... ahora era mayor que tú cuando os conocisteis. ¿Cuáles eran tus aspiraciones a esa edad? ¿Seguías teniendo algo en común con aquel médico de Dokki recién casado que jamás habría podido imaginar esa relación de consecuencias devastadoras? No mucho, aparte, quizá, de la emoción intacta que sentías a punto de encontrarte con el mismo hombre. ¿Ali casado? Sonreíste al pensar en esta imagen. ¡Anda que no se burlaba de tu bienestar burgués! ¡No era la clase de ave que se deja meter en una jaula! Pongamos que estuviera soltero y sin compromiso..., ¿se habría enamorado de otro hombre? De algún saidi de ojos oscuros con el que revivir vuestros vaivenes clandestinos. Esta última hipótesis envolvió tus pensamientos en un velo de melancolía.

Trataste de razonar. Si Ali te decía que amaba a otro hombre, si había encontrado la felicidad que merecía en otra parte, no debías permitir que la decepción empañara vuestro reencuentro. Darías gracias al destino por haberlo puesto de nuevo en tu camino y valorarías tu suerte por saberlo con vida y satisfecho. Estaba decidido: si te anunciaba su felicidad, no dejarías que la tristeza se adueñara de tu rostro. Te conformarías con abrazarlo, quizá por última vez, y esa última vez que la vida te había negado hacía quince años no tendría precio. Lo estrecharías con fuerza contra ti tratando de capturar su olor con disimulo y elegirías palabras sencillas, carentes de ambigüedad. Le dirías que era una noticia maravillosa. Sí, eso es, así lo expresarías: «Es una noticia maravillosa, Ali. Os deseo una vida hermosa y llena de amor». Al decirlo, sonreirías para que no dudara de tu sinceridad. Sonreirías más de la cuenta, con una sonrisa falsa, pero sonreirías. Desde la negrura insondable de tu alma, envidiarías la suerte increíble de ese otro hombre, aunque no dejarías de sonreír. Y te irías.

§

Le pregunté a Fatheya si creías en Dios. Se mostró más aterrorizada todavía que el día que pronuncié por primera vez el nombre de Ali delante de ella. «¡Por supuesto que cree en Dios!», me contestó, persignándose tres veces como si hubiese querido dejar claro al Elevadísimo que se trataba de un malentendido, que la afrenta quedaba reparada y que en la habitación donde estábamos hablando solo había cristianos honrados. «¿Y por qué no iba a creer en Dios, eh?». A pregunta absurda, pregunta más absurda aún. La carga de la prueba recaía ahora en la acusación.

No era culpa suya, la duda es la eterna enemiga de las religiones. Estas glorifican a quien, por mandato divino, sería capaz de asesinar a su hijo en la cima del monte Moriá y condenan la debilidad de ese otro que necesita ver para creer. Aun así, mi pregunta era inocente: quería saber si tú también tenías un padre invisible con el que hablabas a veces.

Te fuiste de El Cairo sin asistir a los últimos homenajes a tu madre, sin tener que escuchar a todo el mundo deseándole que descansara en paz, antes de poder constatar la necedad de esos deseos. Sabías de sobra que no existía descanso posible para ella, que, incluso después de la mulujía dominical, siempre dormía con un ojo abierto. ¿Por qué desearle a la gente estados que no le son propios? De repente, se me antojó vana la idea de un paraíso donde me esperaría una Mémie distinta a la que había querido. Además, ¿qué edad tendría allá arriba? ¿La de la madre a la que habías conocido o la de la abuela que yo acababa de perder? Tanto mejor si hay una vida después de la muerte, pero ya me he pasado la vida barajando demasiadas hipótesis como para que me impongan una más.

De modo que no puedo afirmar que creyeras en Dios el día en que tu madre te anunció la muerte de Ali, quince años antes. Que creyeras en él a pesar de ello o que empezaras a creer por esa razón. Que aún albergaras la esperanza de volver a verlo en esa eternidad en la que se supone que todos debemos reencontrarnos. Que hubieras rezado para que también él descansara en paz.

Más de tres kilómetros separaban la estación central de Sohag de la universidad, en la margen opuesta del Nilo. Los taxis esperaban en fila a los pasajeros procedentes de El Cairo igual que niños hambrientos en un comedor a la hora del almuerzo. Tras acordar un precio para que te llevara al hotel, te metiste en el primero de ellos. Durante el cuarto de hora que duró el trayecto, escrutaste la multitud pensando que tal vez Ali estuviera allí. Tu mirada se demoraba inconscientemente en los grupos de jóvenes, como si los años no hubieran pasado por el muchacho que dejaste. A veces te entraba la duda con alguno y te sentías frustrado cuando el taxista arrancaba sin haberte dado tiempo a comprobarlo. Bueno, de todos modos no habrías querido que te viera así, ojeroso del viaje, del duelo y de la espera. En el taxímetro desfilaban cifras a las que nadie hacía caso. La carrera tocaba a su fin; llevabas unos billetes amarillentos en la mano, por un importe ligeramente superior al acordado.

Depositaste la maleta a los pies de la cama, sin molestarte en deshacerla. Tus ojos se perdieron en las vistas que ofrecía la habitación. Dos pescadores tendían una red desde su frágil barca, deslizándose por las indolentes aguas del Nilo, bajo un cielo raso. Abriste la puerta de cristal y saliste al balcón. Acodado en la barandilla de hierro forjado, observaste a los transeúntes que paseaban a tus pies, junto al río. Aquí, una pareja de enamorados caminaba sin prisa. Allí, una mujer bordaba contemplando la orilla de enfrente. Te quedaste pensativo unos instantes y luego regresaste al interior. El teléfono descansaba en una consola larga. Clavaste la mirada en él, ávido de las palabras que te traería.

Si no dabas con el doctor Darwich, pensabas llamar a la secretaría de la universidad para conseguir la dirección de Ali. No hizo falta, contestó tras un par de tonos. Te propuso una cita para esa misma tarde, sin que tuvieras que explicarle la razón de tu llamada. Con tu apellido —en realidad, el de tu padre— bastó. A no ser que se figurara el motivo de tu visita.

39

Montreal, 2000

Los paneles acústicos del falso techo coinciden con las relucientes baldosas del suelo. Viviane Daniels las conoce demasiado bien como para fijarse en ellas. Avanza por los pasillos del Royal Vic empujando su carrito y soltando juramentos de vez en cuando. Aunque es anglófona, mezcla gustosa las palabrotas en inglés con tacos quebequeses para el disfrute de su público al completo.

Vuelve a colocar en su sitio el cartelito que se ha salido del marco de metal. «Para garantizar la confidencialidad de las conversaciones, espere aquí, por favor». «Aquí» es una línea de cinta adhesiva pegada en el suelo con arrugas en varios sitios. El carrito de Viviane tropieza a menudo con «aquí». Hace tres días llegó una carta, pero el doctor Seidah estaba de vacaciones. Llevaba un sello egipcio. Viviane no la dejó en el casillero del médico como establece el procedimiento en caso de ausencia. Si le preguntaran por qué, no sabría qué contestar. Nadie le pregunta nada. Cuando sube a la primera planta, ve luz en su despacho. El médico parece absorto en la lectura de una evaluación preoperatoria.

—¿No estaba de vacaciones?

—Las acorté.

—Ay, típico de usted, ¡para una vez que se las toma...! Le habría sentado bien descansar un poco.

—Los pacientes nunca cogen vacaciones...

—Por eso necesitan un doc en plena forma.

—Tiene usted respuesta para todo.

—¡Sí, e incluso correo para usted!

Saca varios sobres del archivador de metal y se los tiende.

—Gracias, Viviane.

Él los deja encima del escritorio y sigue leyendo la pantalla.

—¿Ha visto? También tiene correo externo.

—¡Mire que es indiscreta!

—Bueno, bueno... Me voy, que todavía me queda una ronda. Que tenga buen día, doc.

—Usted también.

Pronuncia esas palabras con voz neutra, sin apartar la vista de la pantalla. Aguarda unos minutos a que ella se haya alejado para retirar del lote el sobre amarillo del sello egipcio que, al parecer, ha despertado la curiosidad de su compañera.

El Cairo, 9 de agosto de 2000

Doctor Seidah:

He recibido su carta y entiendo que su tiempo es muy valioso. No pretendo abusar de él, aunque me gustaría mucho que reconsiderara su postura. No creo habérselo mencionado antes, pero mi investigación se centra sobre todo en los médicos que han tratado a pacientes con la enfermedad de Huntington. Tengo entendido que esa causa significa mucho para usted.

A la espera de su respuesta, que espero sea favorable, reciba un cordial saludo,

Ahmed Naguib

40

Escribir es una auténtica tortura. No lo digo yo, sino Fatheya. Al principio creí que podría contar tu historia, escoger palabras, palabras bonitas, palabras como las de las tragedias francesas que exponía Mémie en un lugar destacado de su biblioteca de roble. Creí que con eso bastaría. Decir lo que sabía de ti, inventarme el resto, justificar tus actos, describirte como la persona que me habría gustado que fueras. Es más, pensé que podría mantenerme al margen del relato. Era absurdo. Uno no puede mantenerse al margen de su propia historia. De lo que lo ha precedido, de lo que le ha faltado, de lo que lo ha construido. Así que se termina hablando de sí mismo. Se eliminan las palabras rimbombantes, solamente se conservan las que suenan verdaderas. Si no son verosímiles, si no explican lo que es o lo que podría haber sido, no sirven de nada. Se destruyen páginas enteras de artificios complacientes, de auténticas elusiones y subterfugios, para al final darse cuenta de que lo que uno está describiendo es tanto su propio odio como la cobardía del otro. Y se termina agotado.

—¿Por qué escribes todo eso? ¿Estás seguro de que te sienta bien revolver en historias pasadas?

—No lo sé...

—Además, con eso no vas a conseguir que vuelva, ¿sabes?

—Sí, ya lo sé.

—¡De todas formas me parece una auténtica tortura lo que haces!

Dejé de escribir varias semanas. Necesitaba entender qué me incitaba a contar tu historia, a esforzarme por descifrar el pasado a una edad en la que todos mis compañeros intentaban predecir su futuro. Luego acudí de nuevo a Fatheya con la sensación de haber encontrado respuesta a su pregunta. Le dije que todo el mundo tenía derecho a iluminar la tierra con su propia luz. La tuya se había apagado con demasiada frecuencia por culpa de la estupidez humana, las intrigas o de una especie de ensañamiento del destino. Para mí era importante devolverte algo de esa luz que el mundo no había querido. Fatheya, que por lo general se reía de mis frases grandilocuentes, se quedó callada esta vez. Creo que comprendió lo que quería decir. No obstante, en el momento en que me dispongo a redactar las siguientes líneas, siento que la llama está de nuevo a punto de apagarse sin haber producido claridad ni calor. Por tanto, seré breve.

Como imaginarás, tu marcha precipitada el día del entierro produjo el consecuente escándalo. Solo Fatheya conocía la causa y, como a nadie se le ocurrió preguntarle nada al respecto, ni siquiera tuvo que mentir. Fui el único al que le contó vuestra conversación de vuelta a casa. De modo que ambos descubrimos la puesta en escena de la muerte de Ali con varias horas de diferencia. Fatheya me desvelaba así el último secreto sobre ti, un secreto que apenas había sobrevivido a Mémie unos días. Pensé que se sentiría aliviada al confesármelo, pero el rostro se le transformó de pronto en el de una anciana, como si no se hubiese desprendido de una carga, sino de parte de su vida. Me entregó una hoja con el número de teléfono que te había dado un rato antes y, levantándose con dificultad, recogió sus cosas, que la esperaban en el recibidor, y se fue a casa sin detenerse a medir el efecto de sus revelaciones. Había hecho lo que tenía que hacer, lo que sucediera a continuación era cosa mía.

Esperé al día siguiente para llamar al doctor Darwich porque se había hecho tarde. Acababa de reunirse contigo, y me contó lo que te había dicho. Me habló de Ali, el muchacho aquel, poco locuaz, del que tu madre le había pedido que se ocupara, algo que aceptó por la amistad que lo había unido a tu difunto padre. Ella solo le había dicho que le interesaba la medicina, que conocía los rudimentos y que sin duda estaría encantado de ayudarle en su ejercicio si lo consideraba oportuno. Así se hizo. Ali demostró una destreza asombrosa para alguien que nunca había estudiado. Era evidente que reproducía gestos aprendidos en otra parte, pero siempre se negó a aclarar en qué circunstancias.

Estaba previsto que la facultad de medicina de Sohag abriese en 1992. Era una obra colosal que tardaría varios años en realizarse y en la que el doctor Darwich se había implicado de forma personal. Además de auxiliar al médico en su consulta, Ali acabó ayudándole con el proyecto; en su mayor parte con cuestiones administrativas, algunas labores de secretaría y diversos encargos. Al facultativo no dejaba de sorprenderle aquel joven de extracción humilde que, a pesar de haber aprendido tarde a leer, conocía los usos de la burguesía acomodada. Un día se le ocurrió armar un expediente para que su ayudante formara parte de la primera promoción de estudiantes de la facultad. Lo apoyó con una solicitud de convalidación de los años que había pasado a su lado de prácticas y le consiguió una beca. Ali nunca se lo había expresado en estos términos, pero era manifiestamente un sueño hecho realidad.

El doctor Darwich hacía una pausa de vez en cuando, como si temiera perder el hilo de su relato. Ali se desenvolvió bien los dos primeros años, superando incluso a los hijos de personalidades importantes, que habían asistido a prestigiosas escuelas de El Cairo o de Alejandría. Después, empezó a sufrir ciertos trastornos, primero motrices y más adelante cognitivos, que preocuparon al médico. Aunque eran precoces para su edad, los síntomas recordaban a los de la enfermedad de Huntington, diagnóstico que quedó confirmado por la descripción de lo que sin duda parecían antecedentes familiares. Pronto fue evidente que no podría ejercer la medicina. A Ali no le hizo falta que nadie se lo dijera: había asistido a la progresión de la enfermedad en su madre y sabía lo que le esperaba. Su mentor intentó buscarle tareas a su alcance, pero resultaba difícil abordar el tema con Ali; era demasiado orgulloso y no quería que se compadeciesen de él.

A principios de 1997 lo hallaron ahogado en el Nilo. Fue imposible determinar si se trató de una decisión desesperada o de un desgraciado accidente, ya que sus trastornos motrices se habían agravado repentinamente en el último año. Yo deduje que la primera hipótesis era, a pesar de todo, la que más convencía al médico. Como no sabía cuál era mi relación con Ali, manejaba las palabras con una cautela quirúrgica.

—No hay que condenarlo, ¿sabe? Cada cual gestiona la enfermedad como puede, y Ali demostró mucho valor. Era un buen muchacho, muy aplicado... Me alegra que alguien se preocupe aún por él, no sabía que mantuviera relación con nadie. Lo enterramos como es debido. Conseguí que la facultad cubriese una parte de los gastos; su abuela, que Dios la tenga en su gloria, también contribuyó. Creo que él iba a verla cuando pasaba por El Cairo: en una ocasión me mandó saludos con él. Por cierto, Tarek me ha dicho que estaban ustedes de luto, lamento añadir esta mala noticia...

Tenía que irse, pero me propuso que lo llamara por la tarde si necesitaba hacerle alguna pregunta más. ¿Qué otra pregunta iba a querer hacerle? Le di las gracias y colgué. Me acordé de las alusiones que Ali hacía a su madre en algunas cartas y que yo no había entendido. Recordé la urgencia en tus ojos cuando saliste del apartamento de Mémie tras descubrirlas. Imaginé el vacío que debía de haberse adueñado de ti al enterarte de la noticia, apenas unas horas antes que yo. Te habías ido de El Cairo para reunirte con la persona que más querías y acababa de morirse por segunda vez.

41

Los recuerdos solo tienen valor para quienes los habitan. Cuando estos últimos desaparecen, se convierten en una moneda fuera de circulación, en dinero falso del que hay que desconfiar. Tras la muerte de Ali, quince años antes, decidiste sepultar vuestra relación en un rincón de la mente; un emplazamiento olvidado por los mapas, un lugar secreto al que nadie vendría a exhumarlo. Sin embargo, en tan solo unas horas, Ali había vuelto de entre los muertos y tú te habías convertido en un viejo loco que trataba desesperadamente de recuperar el tesoro abandonado por creer que carecía de valor. Mientras duró la ilusión, cavaste con tus propias manos el suelo silíceo de tu memoria, hasta el punto de acabar con los dedos llenos de sangre y la razón agonizante. Se me encoge el corazón cuando te imagino dispuesto a vivir la resurrección de un hombre que había desaparecido para siempre.

Ahora que el espejismo se había desvanecido y casi llegabas a dudar que Ali hubiera existido, sacaste por última vez sus cartas del sobre que las contenía. Eran la única prueba material de vuestro amor, el hilo tenue del que, en otra época, habría bastado con tirar para que la vida os condujera de nuevo el uno al otro. ¿Llegaría a figurarse que nunca te las habían hecho llegar? Al menos era consciente del riesgo. Sabía que, a buen seguro, tu madre las leería. El temor a la censura se percibía en cada una de sus palabras. Escribía: «El otro día me acordé de ti», pero quería decir: «No te olvido, no consigo olvidarte. Tan solo dime que no me guardas rencor». Ni siquiera los giros más anodinos engañaban ya a nadie.

En un esfuerzo final, intentaste entender qué podía haber conducido a aquel simulacro de muerte quince años antes. Trataste de recrear mentalmente la conversación que habría puesto fin a vuestra relación, el pacto oculto que Ali debió de hacer con tu madre. Ahora te sentías tan desvalido como yo, obligado a imaginarte esas escenas que, sin haberlas vivido, habían forjado tu destino.

Te imaginabas a tu madre yendo a aquel Mokattam que desconocía por completo, empujando con el codo la puerta de una casa en la que habías cenado tantas veces y entrando sin esperar a que la invitaran para dejar el abrigo de pieles en una silla. ¿Qué palabras utilizaría para convencerlo de que desapareciera? ¿Lo habría amenazado? ¿Sobornado? Ali no era de los que se dejan dictar lo que tienen que hacer. ¿Entonces qué le dijo? ¿Que solo conseguiría ser médico si se sacaba el título? Quizá. ¿Que estaba poniendo en peligro tu pareja, tu reputación y tu familia? Seguramente. ¿Que era lo único que podía hacer si te quería de verdad? ¿De veras habría sido capaz de emplear el verbo «querer» para describir el vínculo que os unía?

Ali podría haberse limitado a poner término a vuestra relación, aduciendo un pretexto cualquiera antes de desaparecer.

Sin embargo, sabía que tú no dejarías que se fuera y que, aunque lo lograra, harías lo posible por encontrarlo. Tu madre debió de llegar a la misma conclusión, pues no cabía duda de que aquella puesta en escena llevaba su firma. La muerte ficticia, el que se fuera de verdad, la esperanza de que su hijo entrara en razón... Con lo minuciosa que era, debió de atar primero todos los detalles del plan antes de convencer a Ali de que participara en él. La situación se había vuelto insostenible, tanto para él como para ti. Aquella muerte simulada era la única salida. Lo único que hizo fue aceptar la mano que le estaban tendiendo.

Cuanto más pensabas en ello, menos podías reprochárselo. Después de todo, ¿por qué tendría que haberse negado? ¿Por el trabajo que le ofrecías? ¿Por vuestros amores clandestinos sin futuro? El desequilibrio que había entre tu vida y la suya hizo que te vieras a ti mismo como su benefactor, pero, en realidad, ¿qué habías hecho tú por él? Del médico, solo era el ayudante. Del hombre, el amante. Lo relegaste a las migajas de tu existencia, a papeles secundarios sin ambición. Nunca renunciaste a nada por él. Te limitaste a compartir un poco de tu asfixiante presente, cuando tu madre lo que le ofrecía era un futuro. Al final, te preguntabas si ella no habría sido más generosa con Ali, en el fondo, de lo que tú supiste serlo.

42

Montreal, 2000

«¿Quién es usted?».

En árabe, basta con dos palabras para formular esta pregunta. Tarek las mete dentro de un sobre que hoy llevará a la oficina de correos después del trabajo. Precisamente, hay una en la planta baja del edificio donde se encuentra el local de la Sociedad de Huntington de Quebec. Tiene que ir por la tarde a dar una formación para cuidadores y personal sanitario. Le da tiempo a volver a casa a cambiarse.

El ascensor de su edificio da la habitual sacudida mecánica al abrirse en la quinta planta. Tarek sale, tuerce a la izquierda, abre la segunda puerta, deja sus cosas encima de la mesa del comedor. Las paredes son blancas, no hay nada colgado en ellas. Ningún cuadro, ninguna foto, ninguna planta, un par de libros de medicina en las baldas de una estantería de IKEA. Por un ventanal se vislumbran los colores otoñales de los árboles. Enciende la radio sin pensarlo, están hablando de la muerte de Pierre Elliott Trudeau. Termina apagándola y poniendo una cinta de música que encontró la víspera. Unas notas surgen del pasado; rebobina para escuchar la canción desde el principio. Dalida habla de un país que él también conoció. Se adentra en los vapores de una ducha rápida.

43

No es que nos acostumbremos al duelo, es simplemente que nos hacemos a la idea de que somos mortales. A veces incluso hallamos cierto sosiego en ella. De vez en cuando puede que aún lloremos. Lloramos para sentirnos vivos, como un recordatorio de nuestra propia prórroga, o al darnos cuenta de su extrema precariedad. Decimos que lloramos por los que se han marchado, pero en realidad lo hacemos siempre por nuestra propia impotencia.

El recién nacido sabe por instinto que el llanto es el camino más corto hacia el sueño. El suyo es un llanto sonoro, fisiológico, indiferente a cualquier esfuerzo de distracción. Un llanto anhelante, ávido del agotamiento que acabará de seguro provocando, apenas perturbado por el hecho de que se le intente consolar cuando en realidad no está triste en absoluto. Un llanto al que le traen sin cuidado las absurdas interpretaciones erróneas. Un llanto egoísta.

Seguro que lloraste al enterarte de la noticia, pero es como si ya no consiguiera imaginarme tu vida a partir de ese momento. Pude figurármela hasta entonces, ensamblando lo mejor que podía las narraciones contradictorias de Fatheya y las escasas fotos que tenía de ti, las cartas de Ali y las alusiones en las que había macerado mi infancia. Me creé ese padre que la vida me negaba y que vivía una existencia paralela que me estaba vedada. Al principio lo hice por mí, convencido de que de lo único que podía resultar de aquella ecuación con mil incógnitas era el ser grandioso que faltaba en mi vida. Y luego, sin darme cuenta en realidad, empecé a hacerlo por ti. Como quien se pelea en nombre de un padre al que insultan en clase, como quien devuelve la honra a un hombre que ya no está ahí para defenderse, como quien apoya incondicionalmente a una persona cercana. Sin embargo, ¿qué tenías tú de cercano para mí? Más bien eras todo lo contrario: alguien lejano. Eso es, eras una persona lejana que, inexplicablemente, significaba mucho para mí. La suma de mis deducciones terminó contando una historia: la tuya. O, para ser exactos, mi versión de la tuya. Esta se había transformado en una verdad espléndida y frágil, en una inmensa estatua con pies de hierro y arcilla, de esas que creía que solo existían en las páginas de canto dorado del misal de Mémie.

Todo aquello se había terminado. Temía que la menor conjetura adicional pudiera hacer añicos la inestable verosimilitud que había conseguido. De modo que dejé de inventar. Ya no me sentía capaz de ponerme en tu lugar, de atreverme a resolver si decidiste llevar flores a la segunda sepultura de Ali, o a imaginar qué es lo que había acabado imponiéndose en lo más profundo de tu ser, si la desesperanza o la ira. ¿Pensaste en unirte a él en ese Nilo que te lo arrebataba una vez más o la existencia se había convertido para ti en una evidencia implacable de la que ya no podías escapar? ¿Intentaste reconstruir lo que había sido su vida en Sohag o regresaste corriendo a Montreal para salvar lo que quedaba de la tuya?

Ya no escribiré más sobre tu vida, porque las palabras no pueden hacerlo todo. No pueden revivir a quienes nos dejaron, no pueden curar a los enfermos ni resolver las injusticias, al igual que es absurdo afirmar que declaran guerras o terminan con ellas. En una situación como en la otra, son, en el mejor de los casos, un síntoma y, en el peor, un pretexto. Ya no escribiré más sobre tu vida porque no me pertenece, porque no es más que el resultado de la mezcla improbable de tu mala suerte y tus malas decisiones, porque ni el hombre más desgraciado la querría, porque una ausencia no se puede llenar con frases. Ya no escribiré más sobre tu vida porque bastante te la han arruinado ya con todas esas mentiras para que yo añada las mías, aunque sea con la mejor intención. Ya no escribiré más sobre tu vida porque necesito que me la cuentes tú, porque no quiero otra versión. Si me lees, significa que lo he conseguido, que nos hemos sentado frente a frente en una mesa, que me he liberado de estas páginas acumuladas durante años, que al final he encontrado la forma de decirte quién era, que te he animado a buscar en mí un parecido contigo y con mamá.

Tiemblo de pensar que lo consigo, tiemblo de pensar que estas palabras nunca se vayan a leer. Te he echado de menos, padre.

44

Montreal, 2001

Un sucedáneo de árbol de Navidad abre trabajosamente los brazos sintéticos cargados de bolas de la tienda de todo a un dólar. Personal y pacientes lo sortean como un obstáculo al que ya nadie presta atención. Hace sin embargo varias semanas que comenzó el año nuevo, pero el tiempo no se mide de la misma manera en un hospital. Los que saben que se van a curar intentan matarlo; los demás, ganar un poco más. Se lo inyectan por intravenosa, lo reajustan de un análisis de sangre a otro, se resignan o acaban perdiendo la razón.

Un mensajero se dirige apresuradamente al mostrador de recepción. En el cristal hay restos de motivos de nieve artificial y un mensaje con el que se invita a tocar la campanilla si no está el empleado. El empleado no está. El mensajero llama. Al cabo, salen unas palabras por el Hygiaphone: «Buenos días, ¿en qué puedo ayudarle?». Una voz de mujer, un tono indiferente. El mensajero necesita una firma, la mujer sale del mostrador por una puerta lateral. El doctor Seidah está en quirófano. Viviane esperará al final del día para llevarle el paquete.

45

El Cairo, 2001

—¿Qué haces?

Nesrine asomó por el marco de la puerta. Mi primer reflejo fue darle la vuelta a la libreta en la que estaba escribiendo antes de decirle que me había dado un susto. En nuestra nueva vida, limitada a una sola planta, había un cuarto de invitados al lado del mío. A veces Nesrine se quedaba a dormir cuando la cena se eternizaba y prefería no tener a su chófer esperándola.

Seguía allí, impasible, con la mano aún posada en el pomo. Su silencio parecía significar que todavía no le había contestado.

—Estoy terminando los deberes... —improvisé.

—¿En papel de carta? —Sonrió—. No es una carta de amor lo que te quita el sueño, ¿verdad?

No respondí.

—Le estás escribiendo a Tarek.

No era una pregunta, tampoco un reproche. Su voz era suave y segura a la vez. Me quedé atónito. No ya porque estuviese al corriente, sino por oírla decir tu nombre. Creo, incluso, que era la primera vez que lo pronunciaba delante de mí. Habías dejado de ser «él», de ser «mi hermano», de ser aquella sombra que planeaba sobre las alusiones que me había pasado toda la infancia fingiendo no comprender. Eras «Tarek» para tu hermana, y ella sabía que te estaba escribiendo. Me sentí casi aliviado. Sin tratar de forzarla, me guio la mano para que volteara la libreta. La retiré y la invité a cogerla. Frunció levemente el ceño al descubrir el puñado de palabras. Las leyó en silencio.

46

Montreal, 2001

Viviane agita desde la puerta el abultado paquete con caracteres árabes en el matasellos. La invita a pasar. No es un sobre amarillo pálido, mas tiene la certeza de que el remitente es el mismo que el de los envíos anteriores.

—¿Qué es?

Ella le contesta con un movimiento impaciente de las manos que podría significar: «¿Cómo quiere que lo sepa?». O tal vez: «¡Si no se decide, seré yo quien abra la puñetera caja!». Él finge no darse cuenta de su curiosidad, se acerca el paquete al oído derecho, lo sacude y se encoge de hombros como si tirara la toalla, divertido por su impaciencia. Acaba abriendo la caja.

—¿Un reloj?

Y no uno cualquiera. Ahora él es el que no contesta. Tiene el ceño fruncido. Le da la vuelta al reloj de bolsillo y se queda mirando las iniciales que presentía que iban a estar en él. Las de su padre, antes de convertirse en las suyas. Solo el tintineo de la cadena perturba el silencio que se acababa de instalar. Viviane termina por romperlo:

—¿Otra vez el periodista?

—Si este es periodista, yo soy primer bailarín...

—¿Entonces?

Parece reflexionar y luego suelta:

—A todas luces, alguien a quien le gusta jugar... o alguien que está tratando de retroceder en el tiempo.

Con la uña del pulgar, abre y cierra maquinalmente la tapa del reloj.

—¿Y le preocupa?

—No. Para serle sincero, hay pocas cosas que me preocupen, y los relojes de bolsillo no son una de ellas.

La ilusión de una sonrisa se posa brevemente en su rostro. Viviane no siempre se muestra receptiva a su sentido del humor. Vuelve a ponerse serio.

—Si quien sea quisiera preocuparme de verdad, haría las cosas de otra manera. Vamos, eso creo.

—Vale, me alegro. No me habría gustado que... Bueno, ¡por lo menos se lleva un bonito reloj!

Finge quedarse más tranquila y termina su descanso, cuyo límite oficial ha superado con creces. Él espera a que le llegue desde el pasillo el sonido de las puertas del ascensor cerrándose para abrir el cajón de su escritorio. Extrae la foto que venía con la segunda carta y la contempla largo rato, como si buscara en ella un detalle, una respuesta. Tal vez una confirmación.

El paquete contiene dos hojas que acompañan al reloj. Se ha abstenido de sacarlas delante de Viviane. Desdobla la primera, reconoce el folleto, impreso en blanco y negro, del congreso médico de Boston en el que debe participar en septiembre. Las fechas aparecen subrayadas, al igual que su nombre, entre los de los ponentes. Una conferencia sobre la enfermedad de Huntington. La segunda hoja, de formato más pequeño, es un papel de carta con la siguiente anotación manuscrita:

Me gustaría mucho conocerlo allí. ¿Estaría libre para tomar un café el martes a las ocho y media de la mañana?

Al pie del mensaje se indican las señas de un pub *irlandés; son las únicas letras latinas.*

47

El Cairo, 2001

Había tanto que contar antes de llegar a la carta que te estaba escribiendo cuando Nesrine me sorprendió... Le detallé todo en el orden en que se habían producido las cosas. Tu ausencia, la necesidad de conocerte, las confidencias de Fatheya, las cartas de Ali, esos retazos de existencia que me había hecho falta recomponer a toda costa. No vi que sus ojos me juzgaran. Solo una dulzura en ellos que me alentaba a continuar. La mirada se le velaba a veces, cuando cobraba conciencia del peso que supuso cuanto se había callado durante mi infancia. No intenté averiguar por qué había venido a mi habitación. Quizá adivinaba ya parte de lo que me disponía a confesarle. En realidad, daba igual.

Conforme le hablaba de ti, me asaltaban mil preguntas, mil lagunas que habían surgido mientras intentaba escribir sobre tu vida, mil conjeturas a las que me había entregado para tratar de sortearlas. Pero era demasiado pronto para pedirle que iluminara esas zonas de sombra. Demasiado pronto para contrastar el padre que me había imaginado con el recuerdo implacable de su hermana. Nesrine me escuchó sin interrumpirme. Continué, esforzándome por contener la emoción que me embargaba a medida que el relato se iba acercando al presente. El encuentro fallido que tanto había esperado, tu marcha a Sohag, las revelaciones del doctor Darwich...

Guardó silencio unos instantes, como si el problema insoluble al que me enfrentaba se estuviera convirtiendo poco a poco en el suyo. Terminó señalando la carta en la que te proponía una cita.

—¿Y eso?

Me sonrojé antes de revelarle las últimas claves.

—Le he hecho creer que era periodista y que estaba escribiendo un artículo sobre los médicos egipcios... No se me ocurrió nada mejor para ponerme en contacto con él. Me ha contestado. Hay un congreso en Boston a finales de verano. Voy a proponerle que tomemos algo. Si no me contesta, me las apañaré para asistir a su ponencia y acercarme a verlo después. Sé que mamá nunca me dejaría ir a Montreal: lo relacionaría enseguida. Pero a Boston... Además, es justo antes de que empiecen las clases, una oportunidad así no volverá a presentarse en mucho tiempo. Estoy harto de esperar, ¿entiendes? Necesito verlo, hablar con él...

Nuestra conversación era un hilo de agua que no debía secarse. Noté a mi tía inquieta. Estaba descubriendo al mismo tiempo la búsqueda secreta que había ocupado mi adolescencia y el giro vertiginoso que se disponía a dar. Se enroscó mecánicamente un mechón de pelo en el índice, intentando medir el alcance de mis últimas palabras. Mi determinación seguía intacta: tratar de disuadirme no iba a servir de nada, sabotear mi viaje solo conseguiría posponerlo. La granada sin pasador acabaría explotando, había que lanzarla en la dirección adecuada para que hiciera el menor daño posible.

—¿Y cómo piensas ir hasta allí? Me refiero al alojamiento, el dinero y todo eso. ¿Qué le vas a decir a tu madre?

Yo prefería no entrar en detalles sobre los medios que había previsto. No quería asustarla más y, a decir verdad, todavía me quedaban muchos obstáculos por eliminar a solo unas semanas del congreso. Me encogí de hombros.

—Lo único que sé es que lo echo de menos… es decir, de menos en mi vida.

—Solo tienes una, Rafik. Lo único que importa es que esté en consonancia contigo.

Me pareció que buscaba en mi cara la huella del tiempo que había pasado. En los últimos años, ya no me decían tanto que me parecía a mi madre. La adolescencia difuminaba poco a poco los rasgos que decían que compartía con aquella que no sabía nada de los tormentos de su hijo. Nesrine tendría que elegir a quién de los dos —Mira o yo— iba a seguir siendo fiel. El amor y la exasperación se disputaban su sonrisa.

—Oye —dijo finalmente—, el viaje a Boston te lo pago yo. Me las arreglaré para convencer a tu madre, será mi regalo por tus diecisiete años… Eso sí, ni una palabra de esta conversación, ¿vale? El destino del viaje lo has elegido tú, yo no tengo nada que ver…

No había terminado de hablar cuando la abracé. Solo quería darle las gracias, pero sentí que no podía contener las lágrimas. Era como si, al relajarse, mis músculos cobraran conciencia de la contracción que siempre los había tensado. Lloré como se llora con dieciséis años, la edad en la que acabamos de aprender a no hacerlo. Me pasó la mano con ternura por la espalda mientras terminaba de decir lo que tenía que decirme:

—... sobre todo, cuídate, ¿vale? Escríbenos todos los días, a tu madre y a mí. Y nada de tonterías... No sabemos cómo va a reaccionar...

Me pregunté cuál sería tu reacción si no conseguía contener las lágrimas cuando te conociese. ¿Puede llorar un hijo delante de su padre?

Nosotros

48

El Cairo, 2001

Un avión se desplaza por la pista de despegue. Se desliza indolente entre las luces giratorias de los vehículos conducidos por hombres con chalecos fluorescentes. Casi todo lo demás es gris: el asfalto marcado por la señalización blanco sucio, la torre de control, las escaleras metálicas que llevan a la pista... El único toque de color proviene del logo del banco que patrocina las pasarelas móviles que comunican la terminal con las puertas de los aviones. ¿Habrá gente que elija su banco porque patrocine las pasarelas de los aeropuertos?

Clase turista, nueve asientos por fila. Un chico joven está sentado con la mirada perdida por la ventanilla del lado derecho. Acaba de pasar los controles de rigor, detectores que suenan sin que nadie se inmute. Al verlo tan pensativo, el piloto le ha ofrecido visitar la cabina. Él ha declinado la invitación con una sonrisa cohibida antes de sentarse en su asiento. Principios de mes, últimas horas de la tarde. El sol le devora media cara. El mensaje pregrabado de una voz de mujer con acento británico da la bienvenida a los pasajeros; se exime elegantemente de pronunciar la r de passengers. *El naranja del ocaso intenta tomar el avión por asalto colándose por las aberturas. El mensaje chisporroteante de una voz femenina con acento egipcio se dispone a dar las instrucciones de seguridad; sustituye la p de* passengers *por una b. El sol no capitula. La voz no se interrumpe. El joven no escucha. Ese día de septiembre, ignora cómo será el mundo, pero presiente que nunca volverá a ser igual.*

Vagabundeo indolente del aparato. Se decide a acelerar durante varios cientos de metros y alza el vuelo. La voz ha pedido que se enderecen los asientos para el despegue. El del joven no se doblega, a pesar de sus esfuerzos. Palanca rota. Egyptair. Al salir del avión unas horas después, responderá maquinalmente a las azafatas que le desean una agradable estancia. Será la última vez que hable árabe. De momento solo intenta dormir.

49

Boston, 2001

Debía de tener cinco o seis años. No sabría decir por qué razón entré corriendo en su dormitorio, pero recuerdo que sorprendí a mi madre llorando. Del cuarto de baño contiguo a su habitación emanaba un olor familiar a lejía. Tenía la tele puesta a todo volumen, como siempre que intentaba ocultar el sonido de su sufrimiento. Una voz henchida de orgullo patriótico declamaba sentenciosa las noticias. Egipto se reconciliaba con todo el mundo. Con Argelia, con Siria, con Libia... y ayudaría a Israel a hacer lo propio con Palestina. Todo estaba perdonado. Era algo de lo que alegrarse. A mí me daba igual. La tarea que me incumbía era mucho más importante.

No aportó respuesta alguna a las preguntas que, de todos modos, yo no habría sabido formular. Mira-ah-me-diréis-mamá. Me sonrió, sin intentar disimular su llanto. Yo improvisé alguna payasada, payasadas propias de un niño de cinco o seis años que trata de distraer a su madre para que no esté triste. La hice reír. Había cumplido mi misión. También era mi primer encuentro contigo. Tú, la lágrima; yo, la risa. Casi coincidimos en el rostro de mi madre.

Aquí estamos de nuevo, *casi* a punto de encontrarnos. He imaginado mil maneras de empezar a hablarte, y detrás de cada una de ellas he oído la voz de Fatheya soltándome socarrona: «¡Eh, Goha! ¿Dónde tienes la oreja?». Así que iré directo al grano. Me dirigiré a ti en el francés de Mémie. Te diré cómo me llamo, que soy tu hijo y que tenemos tiempo que recuperar.

*

Estoy sentado en este *pub* irlandés, garabateando en una hoja en blanco para calmar la ansiedad. He colocado delante de mí la gruesa caja de cartón que contiene las páginas en las que traté de reunir lo que sé de ti. Sea cual sea el desenlace de esta historia, estas serán las últimas palabras que te escriba. Me atormenta la posibilidad de que no vengas. Soy incapaz de decir si me destrozaría o si, por el contrario, me aliviaría. Tal vez sea preferible que no te conozca nunca, un poco como aquel viaje a París que probablemente fuera más extraordinario en la imaginación de Mémie que si lo hubiéramos hecho. Quién sabe. He pedido un café. El camarero ha empezado a hacerme preguntas en inglés. No sé si quería entablar una conversación o sencillamente aclarar la comanda. El corazón ha empezado a latirme con fuerza, como si estuviera examinándome de alguna asignatura desconocida. Repetí «*coffee*», implorando con un movimiento de la mano que dejara de preguntarme. «*Just coffee*». Me sonrió y me dio a entender por señas que me lo llevaría a la mesa de mi elección. Vi una que daba a la puerta, para no perderme tu llegada, y que estaba lo bastante apartada para hablar contigo en privado. Hablar. Contigo.

Son las ocho y doce minutos. Pronto llegarás o no llegarás nunca.

50

Boston, 2001

Un hombre abre la puerta. A sus cincuenta y dos años, la delgadez que durante mucho tiempo le confirió una silueta atlética acentúa ahora cada expresión de su rostro. Sus ojos recorren el pub *metódicamente. Se detienen en una mesa a la que está sentado un adolescente que, en ese preciso momento, no sabe si debe levantarse. O hacer una seña con la mano. O decir algo. O pretextar un malentendido, pagar el café y desaparecer... Se es tan formal cuando se tienen diecisiete años... Nada de eso será necesario. Se parece, aunque con un aire menos seguro de sí mismo, a la foto que el hombre tiene en el bolsillo. Este último lo ha comprendido todo. Se acerca. Sonríe. Una sonrisa amable. Le tiende la mano.*

—Rafik, supongo. Perdona, llego un poco tarde.

Pasado, presente, futuro. El tiempo es una gramática para la humanidad, una ficción aceptada por todos. Una falsa obviedad. Una auténtica religión. Y sin embargo, ¿a qué temporalidad pertenece este instante? Deja un reloj de bolsillo encima de la mesa. Ha mandado grabar las iniciales de su hijo bajo las de su padre. Pronto hablarán. Tal vez pronuncien frases largamente maduradas, otras les vendrán de manera espontánea. Para las que olviden decirse, se prometerán futuras ocasiones. Es probable que también se abracen, conmovidos por vivir la irreal evidencia de este instante. Maktub, *estaba escrito. En su interior, ambos oirán esa palabra pronunciada por una voz de mujer. La madre de uno, la abuela del otro.*

Pero, de momento, en su mirada incrédula, el adolescente parece formular una pregunta. Una pregunta que empezaría por: «¿Quién...?». «¿Quién de ellas le ha dicho...?».

Ahora ya sabe que hay que desconfiar de las preguntas sencillas.

Agradecimientos

Deseo expresar mi agradecimiento a todas las personas que me han apoyado durante el proceso de escritura. Sus palabras de aliento y sus muestras de afecto me han dado fuerzas.

Doy las gracias en particular a Catherine, Gilbert, Mona y Julien, cuya mirada ha ido puliendo este relato a lo largo de los años. Por sus ideas. Por su paciencia. Por su pasión.

«Uno no puede mantenerse al margen
de su propia historia»

ÚLTIMOS TÍTULOS
DE DOS BIGOTES

Nadar en la oscuridad, Tomasz Jedrowski
Scream Queer. La representación LGTBIQ+ en el cine de terror, Javier Parra
Corres como una niña. El género y la diversidad LGTBI en el deporte, David Guerrero
Presente imperfecto, Nando López
Lodo, Julen Azcona
Historias de Dunnet Landing, Sarah Orne Jewett
Niño santo, Luis Maura
Águilas, Fló Guerin
Inhalación profunda. Historia del popper y futuros queer, Adam Zmith
¿Cómo puedo no ser Montgomery Clift?, Alberto Conejero
Cine Crush. El cine homoerótico involuntario en nuestro despertar sexual, Popy Blasco
Roja catedral, Gloria Fortún
Otras flores, Xavi Reyes (ed.)
Mi autobiografía de Carson McCullers, Jenn Shapland
Beyoncé en la intersección. Pop, género, raza y clase, Elena Herrera Quintana
Ausencia y exceso. Lesbianas y bisexuales asesinas en el cine de Hollywood, Francina Ribes Pericàs
Después de Elías, Eddy Boudel Tan
Codicia, María Reimóndez
Flores para Lola. Una mirada queer y feminista sobre la Faraona, Carlos Barea (ed.)
Esta sí tenemos que bailarla, Nando López
Una mujer, Judith Juanhuix
Mamá, quiero ser Ziggy Stardust, Iria Misa y Alba Barreiro

El látigo y la pluma. Homosexuales en la España de Franco, Fernando Olmeda
Bonita Luxemburgo, Sebastián Suñé
El verano que nos queda, Giulia Baldelli
¡Larga vida al trash! El cine de John Waters como nunca te lo habían contado, Javier Parra (ed.)
Ocaña. El eterno brillo del Sol de Cantillana, Carlos Barea (ed.)
La última sauna del mundo, Julen Azcona
En mitad de tanto fuego, Alberto Conejero
Mireia, Purificació Mascarell
Los bordes, Angelo Tijssens
La noche en que Larry Kramer me besó, David Drake
Las «locas» de postín y *El fuego de Lesbos,* Álvaro Retana
Scream Queer 2. La venganza, Javier Parra
Nada es eterno salvo la Carrà. Una biografía de la italiana que conquistó el mundo, Pedro Ángel Sánchez
Flores y ruina. Antología de relatos sobre el desamor, Luis Bravo (ed.)
Lo que sé de ti, Éric Chacour

Te queremos dar las gracias por haber elegido el libro que tienes entre manos. Si has llegado hasta aquí, ¡esperamos que te haya gustado! Para no perderte ninguna de las novedades de Dos Bigotes, nos puedes escuchar en el pódcast Bigoteando en Spotify, iVoox y Apple Podcasts, donde encontrarás recomendaciones, entrevistas exclusivas con autoras y autores y mucho más.

BIGO-TE-ANDO
UN·PODCAST DE·DOS·BIGOTES

Este
libro
ha sido
compuesto
en tipografía
Crimson sobre
papel de 90 gr.
ahuesado e impreso
en mayo de 2024